La Très Noble Demoiselle

DU MÊME AUTEUR

Un trop long hiver, Éditions La Presse, 1980.
Rythmes de femme, Maison des Mots, 1984.
La Guerre des autres, en collaboration avec Jean-Pierre Wilhelmy, Éditions La Presse, 1987.
De père en fille, en collaboration avec Jean-Pierre Wilhelmy, Éditions du Septentrion, 1989.

Louise Simard

La Très Noble Demoiselle

Libre Expression

Données de catalogage avant publication (Canada)

Simard, Louise

   La très noble demoiselle

   ISBN 2-89111-555-4

   I. Titre.

PS8587.I293T73 1992   C843'.54   C92-096951-8
PS9587.I293T73 1992
PQ3919.2.S55 1992

Illustration de la couverture :
GILLES ARCHAMBAULT
Maquette de la couverture :
FRANCE LAFOND
Photocomposition et mise en pages :
SYLVAIN BOUCHER

© Éditions Libre Expression
2016, rue Saint-Hubert
Montréal, Québec H2L 3Z5

Dépôt légal :
3e trimestre 1992
ISBN 2-89111-555-4

À Micheline et Robert,
pour le Savoir.

PREMIÈRE PARTIE

Philippe

«La possession d'une liberté juste et bien réglée est le plus naturel, le plus véritable et le plus délicieux de tous les contentements.»

ARISTOPHILE
(pseudonyme de
Gabrielle Suchon), 1693.

Soir d'automne. Soir de pluie.

«Je n'ai pas peur. À soixante et onze ans, j'ai déjà tellement frayé avec la mort. Mes morts... Comme des repères sur la ligne fourbe du temps. Tant de morts qui doivent bien m'attendre quelque part. Non, je n'ai plus peur.

«Peut-être la mort ne mène-t-elle pas à la mort. Peut-être... À certains moments, la curiosité, le besoin impérieux de savoir enfin me la fait désirer plus que tout. J'ai si souvent foncé vers l'inconnu pour en revenir à bout de souffle, épuisée mais satisfaite. La mort ne sera qu'un inconnu de plus. Que je saurai bien dompter. À tout le moins apprivoiser. Mais pas maintenant, pas tout de suite. Il reste une nuit. Toute une nuit avant le jour.

«Si seulement le vent pouvait se calmer. Ses risées me déconcentrent. On n'entend plus que lui. Je suis trop malade et trop vieille pour résister au vent. Autrefois, j'aimais l'affronter, j'aimais marcher contre lui, sentir son souffle puissant sur mon visage. Je savais me battre alors. Je me croyais invincible. Et je l'étais. Cette nuit, sa force implacable me rappelle ma faiblesse.

Je ne communie plus à sa rage. La révolte m'abandonne. J'ai l'impression qu'il jubile, vainqueur. Je ne sais plus. Je n'ai jamais saisi le vent. Après toutes ces années, il reste l'ennemi que j'ai le plus aimé. »

Louise de Ramezay sourit, encore capable d'espièglerie malgré l'épuisement. Ses yeux noisette se plissent, deviennent minuscules. Deux minces fentes où se réfléchissent les flammes de l'âtre. La chaleur du feu pénètre les murs de pierre de la petite chambre, créant un rempart contre la tourmente extérieure. Le grésillement agressif de la pluie se perd dans les crépitements du bois. Toute la maison dort depuis quelques heures déjà. La seigneuresse a rassuré les domestiques, qui sont rentrés chez eux. Seule la petite servante a insisté pour rester. Pour entretenir le feu de la grande pièce du bas, a-t-elle dit. Avec ce vent! Et cette pluie! Les arbres vont se déplumer, pour sûr! Elle dort maintenant, obéissante jusque dans son sommeil. Car sa maîtresse a exigé le silence. Pour mieux entendre l'orage. Au dehors comme au dedans.

La vieille femme, assise à sa table de travail, laisse tomber derrière elle le châle qui recouvrait ses épaules et passe les mains dans ses épais cheveux gris. Ce geste la ramène bien loin en arrière, quand elle était jeune et fière. Rebelle. Un brin de tristesse monte en elle, qu'elle réprime aussitôt. Louise de Ramezay a toujours refusé cette souffrance-là. L'autre, la souffrance physique, celle qui l'éventre, l'empale, lui lacère la chair depuis des mois, se supporte mieux. Qu'on lui crève le corps, mais pas le cœur!

Elle veut se relever, fuir, mais la douleur lui arrache un cri, la cloue à sa chaise. Toutes ses forces s'en sont allées à mesure que le mal progressait. Cette nuit, il ne lui reste plus que le courage et la lucidité et la mémoire à opposer à la mort.

Mlle de Ramezay regarde autour d'elle. Elle devine plus qu'elle ne voit le grand lit à colonnes et le coffre en pin où sont rangés vêtements et dentelles, et qu'elle n'a plus ouvert depuis des jours. Elle a le goût soudain de ces tissus soyeux dont elle n'a jamais su se parer, de ces couleurs vives, de ces bijoux rutilants dont les femmes s'enorgueillissent les soirs de bal. Le goût de la musique.

Elle n'échappera donc pas à la nostalgie! Insidieuse, cruelle nostalgie. Elle qui se voulait forte jusqu'au bout ne sait plus comment résister. Une branche, ballottée par le vent, claque à la fenêtre comme un coup de fouet la rappelant à l'ordre. Louise sursaute, se redresse, malhabile. Sans geindre, malgré cette insupportable douleur qui la broie. Le souffle court, le visage ruisselant de sueur, elle retrouve pourtant ce port altier, cette noblesse dans le regard qu'on lui a toujours enviée. Il reste à la très noble demoiselle une dernière bataille à livrer, une bataille qu'elle gagnera dans l'honneur, les yeux ouverts. Un dernier combat entre elle et le vent.

Quand elle a quitté Montréal, il y a plusieurs années, elle est venue vers cette petite maison isolée, perdue au bout de sa seigneurie de Monnoir, presque inaccessible l'hiver; elle y est venue attirée par le vent qui y rôdait toutes les nuits comme un voleur. Parce que le vent, c'est la parole des grands hêtres, le chant des ormes, les revendications des érables, le murmure timide des trembles. Le vent charrie la vie. Il lui ressemble. Elle n'a pas choisi la maison, elle a choisi le vent qui la tient en otage, et le lierre qui l'enlace de partout, et les arbres qui la surveillent comme des amants jaloux, et le ruisseau qu'elle entend de sa fenêtre les jours d'été et qui fredonne comme une rivière. Comme d'autres rivières qu'elle a aimées. Nostalgie.

Il n'y aura plus d'étés. Plus de rivières. Rien que cet automne rageur, le dernier.

Louise caresse le bois verni de sa table de travail, cette immense table qui prend toute la place. Ses doigts tremblants glissent sur la patine usée par le temps. Nostalgie.

Elle regarde les uns après les autres les quelques objets qui s'y trouvent, lentement, respectueusement, comme on fait un pèlerinage. Ou un chemin de croix. Toute sa vie s'étale là devant elle en si peu de choses. Un livre, un coffret luxueux, quelques papiers... Voilà à quoi se résument soixante et onze ans de luttes, de rires, de travail, d'amour. Sa vie. Si belle pourtant, et qu'elle a empoignée à bras-le-corps même dans les moments difficiles. Surtout en ces moments-là.

Réconfortée par ces quelques témoins qui, pour un temps encore, la soustraient à l'inévitable, Louise de Ramezay écarte l'encrier et la plume, repousse une liasse de documents et tire péniblement vers elle une vieille boîte au couvercle à moitié arraché. Après un moment d'hésitation, elle en sort lentement des rubans de soie et de velours qu'elle aligne précieusement les uns à côté des autres dans un ordre compris d'elle seule.

Et le passé jaillit de la mémoire lointaine.

Au contact des rubans, elle revoit les mains frêles de sa mère qui triturent les bouts de tissu. Mais quand elle cherche ses yeux, elle ne voit que des larmes. Certaines scènes tentent d'émerger, aussitôt refoulées par d'autres, imprécises. Quand Louise cherche les bras de sa mère, elle n'entend que des larmes. Pourtant, Mme de Ramezay, née Charlotte Denys de La Ronde, souriait souvent, mais elle ne riait jamais. Dans les souvenirs de Louise, elle parle, reçoit, brode, se penche sur un berceau; elle est partout. Mais quand Louise cherche l'odeur de sa mère, elle ne retrouve que le goût salé des larmes. Charlotte de Ramezay reste insaisissable, échappe à la mémoire. Alors la vieille demoiselle enfouit son visage dans les rubans en fermant les yeux et elle retrouve des images très claires de cette nuit au cours de laquelle sa petite sœur Marguerite est morte. Des personnages s'agitent dans sa tête en quête d'un rôle, mais elle ne voit que sa mère, accablée, et, près d'elle, cette fillette qu'elle a été. Une petite Louise curieuse, questionneuse, frondeuse, qui, sans le savoir, s'abreuvait déjà à la détresse de sa mère.

La noirceur partout. Claudine a oublié d'allumer les lampes. Sauf dans l'alcôve des maîtres. Toutes les lampes autour de l'enfant. Pour écarter la mort.

Dans le berceau, placé près du grand lit, le bébé agonise, à bout de forces. On n'entend plus que son râle sibilant. Mme de Ramezay se lève une fois de plus pour toucher le petit front brûlant. Elle resserre les langes comme le médecin le lui a conseillé. Une forte sudation pourrait chasser le mal. Le plancher craque sous son poids. Elle tressaille.

— Claudine! Charlotte! Il y a quelqu'un? Personne pour recevoir nos invités?

La voix monte du rez-de-chaussée, véhémente.

Mme de Ramezay fait un signe à Claudine qui descend aussitôt. La pauvre servante doit affronter seule l'impatience du maître.

— Qu'est-ce qui se passe ici? Où est Mme de Ramezay?

— Là-haut, monsieur. La petite Marguerite est au plus mal. Monsieur le curé est passé dans la soirée. Elle a été ondoyée.

Agacé, M. de Ramezay chasse cette nouvelle contrariante d'un geste de la main.

— Allume les lampes, ordonne-t-il, et prépare à boire et à manger pour moi et mes invités. Nous serons dans le grand salon. Messieurs!..., dit-il en invitant ses compagnons à le suivre. Alors, Duguay-Trouin serait vraiment à Rio de Janeiro?

— Oui. La ville se serait rendue aux Français, à ce qu'on dit.

— Vous n'ignorez pas que Claude, mon fils aîné, est enseigne sur un des vaisseaux de Duguay-Trouin?

— Vous pouvez être fier de lui, monsieur le gouverneur!

Dans l'alcôve où les voix ne parviennent plus, Mᵐᵉ de Ramezay, assise bien droite sur une chaise inconfortable, a repris son poste de sentinelle impuissante. Sur ses genoux, une boîte aux couleurs très douces sur laquelle elle a posé les mains... Geste incantatoire, rite magique pour conjurer les maléfices.

— Maman...

La petite Louise, une poupée dans les bras, vient vers sa mère en se frottant les yeux.

— Qu'est-ce qu'il y a, ma chérie? Tu ne dors pas?

— Je ne peux pas. Ça fait trop de bruit dans ma tête.

Mᵐᵉ de Ramezay assoit l'enfant sur ses genoux.

— Qu'est-ce que c'est, la boîte, maman?

— Rien... Des rubans...

— Pour les robes?

— Oui... Les robes de bébé.

Curieuse, Louise a ouvert la boîte. Sa mère en tire un ruban blanc. Doucement. Comme on soulève un enfant endormi.

— C'était à Catherine, explique-t-elle. Je l'ai enlevé de sa chemise avant qu'on ne l'enterre.

— Qui c'est, Catherine?

— Une petite fille. Un petit bébé qui n'a pas voulu rester avec nous. Elle est repartie au ciel.

La fillette retire un tout petit ruban bleu de la boîte et le tend à sa mère.

— Celui-là, c'était pour Pierre. Il ne l'a jamais porté. Je l'ai à peine vu, mon tout-petit... On me l'a pris aussitôt sorti de mon ventre. Il était déjà mort.

— Et le grand ruban rouge tout doux, maman?

— Il appartenait à Timothée, mon petit rêveur... Il est mort quelques mois avant que tu ne viennes au monde. Il avait huit ans... Et des cheveux bouclés comme les tiens... avec les mêmes reflets roux au soleil.

L'enfant, intriguée, continue à fouiller dans la boîte.

— Il y en a d'autres?

— Oui... Deux autres. Celui-ci était à François, l'autre à Ursule.

— Ils sont morts aussi?

— Oui.

— C'étaient vos enfants? Comme moi?

— Oui... Mes enfants...

— Ça fait mal, mourir, maman? Est-ce que je dois mourir aussi pour que vous mettiez mon ruban dans la boîte?

Mme de Ramezay serre l'enfant dans ses bras en la berçant de tout son corps. Obsédante douleur... Comment éviter à sa petite toute cette douleur de femme cruellement transmise de mère en fille? Comment l'épargner sans la détourner de son devoir?

Vers minuit, le gouverneur libère ses invités. Il n'a pas sommeil. Comme tous les soirs, il retarde l'heure du coucher. Il déteste dormir. La conviction de perdre son temps. Agacé de ne pas trouver sa femme dans son lit, prête à recevoir ses hommages, il retourne sa colère contre la fillette blottie dans les bras de sa mère.

— Qu'est-ce qu'elle fait là?

Éveillée trop brusquement, l'enfant laisse tomber sa poupée.

— Allons, maugrée-t-il. Une grande fille de ton âge n'a pas besoin de se faire prendre pour s'endormir. Laisse ta mère et va retrouver tes sœurs qui dorment déjà, j'en suis sûr.

Il saisit la fillette par un bras et l'arrache rudement à sa mère avant de la pousser vers l'autre extrémité de la grande pièce. La petite, encore étourdie par la violence du geste, se rend à tâtons jusqu'au lit qu'elle partage avec ses sœurs.

Satisfait, Claude de Ramezay revient vers sa femme.

— Que faites-vous là, chère amie? Vous allez vous épuiser à veiller ainsi! Venez vous mettre au lit.

Il ne souffrira pas de réplique. On ne refuse rien au gouverneur de Montréal. Charlotte de Ramezay le sait. Elle est sa femme depuis vingt et un ans.

Il n'est pas encore six heures, le lendemain matin, lorsqu'un messager, tout juste arrivé de Québec, apporte la nouvelle: Claude de Ramezay, fils du gouverneur de Montréal, a été tué lors de l'engagement mené par René Duguay-Trouin à Rio de Janeiro.

Le gouverneur ne bronche pas.

— Mon fils aîné a fait son devoir, dit-il simplement avant de quitter la maison.

Sa femme, trop blessée pour pleurer, demande qu'on la laisse seule avec sa dernière-née. Quand la petite Louise, inquiète, échappe à la surveillance de Claudine et se rend, sur la pointe des pieds, près du berceau, elle voit sa mère enlever le ruban de satin blanc de la chemise du bébé et le déposer précieusement dans la boîte, au milieu des autres.

Après avoir rangé précieusement la vieille boîte, Louise de Ramezay étire les bras pour prendre un gros livre au cuir pétri par le temps.

Avec respect, elle le dépose devant elle puis passe doucement sa main ridée sur la couverture aux ondulations harmonieuses.

Elle retarde volontairement le moment de l'ouvrir.

Comment retrouver le plaisir initiatique, redevenir l'enfant qui lisait sans comprendre, puis la jeune fille envoûtée par la puissance violente des mots?

Ce livre a parfois décidé de sa vie. Il l'a accompagnée, mentor fidèle, source de savoir. L'a-t-il aidée ou desservie? Cette nuit, elle ne saurait le dire avec certitude.

— Mademoiselle Piot de Langloiserie! Veuillez cesser vos bouffonneries!

La coupable prend un air contrit.

La mère Marie Josèphe, ulcérée par les enfantillages répétés de la jeune fille, retrouve pourtant son sang-froid avant de déclamer un long discours censé ramener dans le droit chemin la brebis égarée.

— Prenez donc exemple sur votre compagne Mlle de Ramezay. Celle-ci est toujours à son devoir et profite pleinement des enseignements qui lui sont prodigués. Agissez comme elle plutôt que de vous prêter à ces pitreries indignes d'une jeune fille du monde. Nos sœurs ont depuis toujours la réputation de former des femmes capables de prendre en charge le bonheur d'un ménage tout en craignant Dieu et en restant soumises à l'autorité de leur mari. Elles vous offrent ce qu'il y a de mieux. Profitez donc de la chance que vous avez de pouvoir vous instruire auprès d'elles, mademoiselle. Vous irez méditer là-dessus à la chapelle, après l'étude.

Haletante, la religieuse remonte sur l'estrade d'où elle peut à loisir observer ses élèves. Louise de Ramezay peut enfin reprendre le gros livre que la proximité de l'enseignante l'avait forcée à dissimuler sous la table. Elle se replonge avec bonheur dans sa lecture, savourant chaque mot. Même ceux qu'elle ne comprend pas. *«Si elles sont engagées dans le monde*, lit-elle, *elles ne peuvent jamais former aucun dessein que par permission de leur mary...»* La jeune fille prend discrètement sa plume et trace un grand trait dans la marge avant de poursuivre sa lecture. *«...elles sont obligées de se donner au soin d'un ménage et d'avoir de la complaisance pour ceux qui les dominent...»* Le visage de sa mère s'impose. Ses yeux tristes... Et son sourire toujours plein de larmes.

La porte de la salle de classe s'ouvre brusquement. La face rougeaude, visiblement énervée, la religieuse responsable des visites se précipite vers l'enseignante, avec laquelle elle s'entretient à voix basse un long moment. Toutes les deux lèvent ensuite la tête vers Louise, trop absorbée par sa lecture pour même soupçonner qu'on l'observe. *«...si leur sort les a placées dans le cloître, elles peuvent encore moins faire des entreprises et inventer de nouvelles pratiques puisque tous leurs moments sont réglés.»*

— Mademoiselle de Ramezay! Venez ici un instant, je vous prie.

Surprise, la jeune fille dépose discrètement son livre sur le banc et se rend auprès de l'enseignante.

— Vous avez une visite. Rangez vos affaires et rendez-vous au parloir. Vous serez exemptée de l'étude de quatre heures. Nous prierons pour vous...

Dans l'immense parloir du couvent des ursulines, Louise trouve ses sœurs serrées les unes contre les autres et formant un demi-cercle autour de leurs parents. Elle aperçoit d'abord Catherine, l'aînée, qui, reçue chez les ursulines il y a à peine deux mois, étale soigneusement sa large robe noire autour d'elle. Charlotte la regarde sévèrement. Charlotte, la bénie entre toutes, qui, bien qu'elle ne soit pas l'aînée, a pourtant hérité du nom de sa mère, comme si, dès sa naissance, on avait su que les deux femmes se ressembleraient. D'ailleurs, les deux Charlotte, mère et fille, sont assises l'une à côté de l'autre dans la même attitude respectueuse. Elles semblent veiller l'une sur l'autre sans même se regarder. La fille, religieuse hospitalière à l'Hôpital général depuis environ un an, a obtenu une permission spéciale pour assister à cette réunion de famille. Mais quitter, même pour une heure, les miséreux entassés dans les grandes salles de l'hôpital l'indispose. Elle a choisi de se vouer sans réserve au soin des pauvres, des aliénés, des femmes de mauvaise vie ou des invalides sans famille qu'elle côtoie quotidiennement. Elle leur apporte son soutien et sa foi, sans complaisance ni doucereuse bienveillance mais avec le respect dû à toutes les créatures de Dieu. Elle sait jouer ainsi un rôle que sa mère aurait rêvé de remplir. Angélique, seize ans, s'est rapprochée de cette dernière, comme elle le fait toujours; elle lui prend la main tandis que la petite Élisabeth, dix ans, court vers Louise, de deux ans son aînée. Les trois plus jeunes, pensionnaires chez les ursulines, attendent avec anxiété de connaître la cause de ce congé inattendu. Même Geneviève, qui a terminé ses études et vit présentement chez ses parents à Montréal, a tenu à être présente. Surtout pour accompagner sa mère. Toute la branche féminine de la famille se trouve ainsi réunie. Avec Charles-Hector, Louis et le jeune Roch, le tableau serait complet.

— Votre mère et moi avons reçu une mauvaise nouvelle et nous tenions à vous la transmettre personnellement, commence M. de Ramezay.

Il a pris sa voix de gouverneur, celle qui le rassure en tenant les autres à distance. Pour retenir l'attention de toutes, il se tait un moment. Personne n'ose rompre le silence.

— M. de Vaudreuil, reprend-il enfin, a écrit cette lettre le 12 octobre. Je vous en fais lecture: «Le bruit qui avait couru ici l'année dernière que le fils de M. de Ramezay et celui de M. de Longueuil avaient été tués, ne s'est pas trouvé faux...»

Louise regarde sa mère.

— «Avec plusieurs autres Français qui les accompagnaient, ils avaient fait rencontre d'un gros parti de Charakis, nation sauvage voisine de la Caroline, qu'ayant voulu reconnaître ce parti, leur troupe en avait été enveloppée...»

Son visage vieilli pleure sans larmes.

— «...et qu'à la première décharge ces deux officiers avaient été tués avec quelques-uns de leurs gens.»

Son visage immobile, paralysé par la souffrance.

— Voilà. Votre frère Louis a donné sa vie comme l'avait fait avant lui votre frère aîné. Je veux que vous soyez fières d'eux comme je le suis. C'est le devoir des hommes de se battre pour protéger patrie, femmes et enfants. Dieu a donné à l'homme force et courage pour protéger les plus faibles et faire régner la justice. Et il ne sera pas dit qu'un Ramezay aura failli à sa tâche.

«...c'est une espèce d'injustice de rejeter sur la nature ce qui n'appartient qu'à la coutume, parce qu'étant une fois établie, l'on croit toujours qu'elle est bien fondée.»

La vieille femme a ouvert le livre et le feuillette doucement, d'une main incertaine, en s'arrêtant plus longuement à quelques pages. De larges traits, dessinés à l'encre noire, isolent certains passages. *«Elles ne manquent de lumière que parce qu'on leur ôte les moyens d'en acquérir.»*

Elle sourit au souvenir de la fougue qui, un jour, il y a si longtemps, a guidé sa main.

Il y a presque un siècle de cela, une femme qui signait Aristophile a écrit ces mots que d'autres femmes ont reconnus.

Un siècle...

Et les mots vivent encore. Tandis que tant de femmes meurent avant que d'être mortes.

Fébrile soudain, elle cherche dans le livre. Se rend jusqu'à la fin, puis revient au début.

«Je dois trouver, savoir la force de la mémoire, confronter le souvenir aux doutes qui subsistent.»

Les mots... Vivants. Douloureux.

«Chacun sait que les hommes n'ont point de plus ordinaire entretien que de railler sur le sujet des femmes, de sorte que les Prédicateurs en chaire, les Écrivains

dans leurs livres, et tous les autres dans la conversation, ont toujours quelques mots à dire pour les abaisser.»

— Je ne me marierai jamais.

— Pourquoi dis-tu cela, Louise? Moi, j'espère bien rencontrer un homme séduisant que je pourrai rendre heureux.

— *«Un fâcheux mari est un pénible et rigoureux Purgatoire, pour ne pas dire un véritable Enfer»*, déclame sentencieusement la jeune fille de 16 ans, avec, dans ses yeux noisette, une hardiesse farouche.

Élisabeth se moque.

— Tu lis trop, ma grande sœur! Ça te rend excentrique et polissonne.

— Seulement sensée.

— En tout cas, j'en connais une qui ne serait pas de ton avis.

Au milieu du salon, la mariée évolue gracieusement dans un menuet bien cadencé. Elle semble, en effet, ne douter aucunement de son futur bonheur. Les joues rougies par l'émotion et la chaleur, Geneviève de Ramezay sourit à tous ces prétendants évincés qui profitent des hasards de la danse pour lui serrer les mains une dernière fois.

Elle a choisi le major Louis-Henri Deschamps de Boishébert, seigneur de La Bouteillerie, de vingt ans son aîné, et les plus illustres familles de la colonie ont tenu à assister à ce grand événement. Broderies, guipures et éventails de nacre marivaudent allègrement avec habits brodés, culottes de velours et souliers à boucles d'argent.

Quand les veilleurs de nuit annoncent neuf heures, les visiteurs affamés s'alignent devant des tables somptueuses couvertes de victuailles. Le vin aidant, les conversations s'animent, entrecoupées d'éclats de rire et de tintements de verres.

Assis en face de Louise, le jeune d'Ailleboust d'Argenteuil pavoise pour attirer son attention. Elle lui sourit franchement avec juste ce qu'il faut d'insolence pour l'embarrasser. L'assurance de la jeune fille désarçonne le prétendant, qui se met à s'empiffrer, incapable de soutenir ses avances sans rougir.

— De quel admirable dévouement vous et vos sœurs, de même que votre sainte mère, avez-vous fait preuve lors de l'horrible épidémie de peste de l'été dernier! On ne tarit pas d'éloges à votre sujet.

L'enthousiasme délirant de sa voisine empêche Louise de poursuivre son attaque.

— C'était tout naturel, répond-elle à contrecœur.

— Ne soyez pas modeste, mon enfant. C'était admirable.

Ennuyée, Louise cherche un moyen de se débarrasser de cette interlocutrice gênante, mais Mme de Blainville n'est pas au bout de son oraison.

— J'aurais bien voulu faire comme vous, reprend-elle, mais, étant donné ma santé défaillante, mon mari me l'a fortement déconseillé. Il m'a raconté comment la maladie pouvait défigurer. Vous avez vu l'insecte qui propage cette épidémie? Mon mari m'a raconté qu'on pouvait parfois l'apercevoir en train de sucer le sang de ses victimes. Quelle horreur! Je n'aurais pas pu le supporter.

Le livre disait vrai, pense Louise en dissimulant mal un sourire narquois: *«Il reste à conclure que l'ignorance du second sexe n'a point de plus grande cause que l'impérieuse domination du premier.»* Heureusement, une discussion animée sur la mode toute récente des robes à panier attire ailleurs Mme de Blainville et Louise peut ainsi concentrer son attention sur la conversation que tient son père avec quelques invités.

— Vous êtes satisfait du rendement de vos moulins à scie, monsieur le gouverneur?

— Très satisfait. Je pense n'avoir aucun mal à respecter le contrat de six ans signé l'an dernier avec le roi de France. Deux mille pieds cubes de bordages de pin, huit mille pieds cubes de bordages de chêne et quatre mille pieds de planche. Tout un contrat!

— Nos bois sont donc appréciés en France?

— Le ministre semble content. Et, surtout, les prix augmentent. Voilà de quoi se réjouir.

— Avez-vous réglé les problèmes de transport?

— En partie. Depuis qu'on nous envoie une flûte de grand port, on n'a plus à scier à vingt-deux pieds pour embarquer les bordages. Mais vous savez comme moi que rien n'est jamais définitivement réglé dans ce pays.

— Ce qui n'empêche pas les moulins à scie de se multiplier. On en compte bien une trentaine maintenant.

— Il pourrait y en avoir davantage. C'est la cherté du fer qui fait obstacle.

— Et l'incompétence des charpentiers, à ce qu'on dit.

Vivement intéressée, Louise se joint à la discussion.

— Que pensez-vous, père, du bois du Labrador que le comte d'Agrain doit livrer à l'île Royale?

Interloqués, les hommes se taisent sans regarder la jeune femme. Le gouverneur, après un moment d'hésitation, lève les bras au ciel, bon enfant.

— Regardez-moi ce petit bout de femme qui joue au savant! Tu ne dois pas répéter de travers tout ce que tu entends et que tu ne peux pas comprendre. Les femmes ne sont-elles pas amusantes, messieurs, quand elles nous imitent? Et d'ailleurs, si vous êtes rassasiés, nous irons tous les faire danser avant qu'elles ne se flétrissent d'ennui. Et si vous avez un bon parti pour ma fille, lance-t-il à la ronde, je suis ouvert à toutes les offres. Vient un âge où les jeunes filles ont besoin de l'autorité d'un mari quand celle du père ne suffit plus!

Les hommes se lèvent en riant, aussitôt suivis par femmes et enfants dans un brouhaha de chaises grattant le plancher, de pièces de vaisselle entrechoquées, de cris et de pas qui laisse à peine filtrer la musique.

«Chacun sait que les hommes n'ont point de plus ordinaire entretien que de railler sur le sujet des femmes...»

Louise reste assise, claquemurée dans sa rage.

Un feuillet s'échappe du livre. Elle le ramasse furtivement comme une adolescente surprise en flagrant délit de romantisme. Elle lit: «*La liberté est une qualité savoureuse... Il faut être réservé à mettre sa confiance aux hommes.*» Et elle se souvient.

«Je sais le jour où j'ai emprunté ces mots au livre. Et je sais pourquoi j'ai voulu les écrire de ma main. Ne pas seulement les lire, mais les faire miens, les posséder, les réinventer. Ce jour-là, ma mère avait beaucoup pleuré.»

Émue, elle cale le bout de papier au milieu du livre avec un sentiment de reconnaissance pour la femme qui a eu le courage d'écrire ces mots.

Le livre refermé, elle tire vers elle un coffret de bois qu'elle ouvre en retenant son souffle. La croix de Saint-Louis de son père y est enchâssée dans un écrin de velours. Elle l'en retire lentement.

La pluie fait rage. Des branches balancées par le vent cognent en cadence aux fenêtres.

La médaille, imposante, pèse lourd dans sa main. Le ruban tissé de fils d'or n'a rien perdu de son éclat.

La médaille pèse lourd.

Pourquoi la pluie ne se calme-t-elle pas? La hargne est inutile. La rancune également.

Louise de Ramezay rassemble ses dernières forces pour aller résolument se camper devant la fenêtre. Pour défier l'orage.

La grande maison est en deuil.

Les peupliers veillent toujours sur la terrasse. Une odeur de pain chaud monte encore de la boulangerie. Mais le château a perdu son âme ambitieuse, intrigante, violente. Cette âme vive faite pour les complots et l'extravagance, ce maître tyrannique aux gestes autoritaires, au discours intransigeant.

Et la grande maison vit difficilement sa délivrance.

— M. de Vaudreuil a été très généreux lors des obsèques de votre père, commente Mme de Ramezay, minuscule dans sa robe de deuil. Il a su mettre de côté leur vieille querelle pour se souvenir du dévouement de son collègue. C'est un geste que j'apprécie.

— Je l'ai entendu dire à l'intendant combien notre père avait servi avec honneur et distinction.

Roch de Ramezay a dit cela avec fierté. Fierté aveugle du fils qui a toujours voulu ressembler à son père et en être digne. Enseigne dans les troupes de la marine, le jeune homme rêve du jour où il pourra partir à la conquête de nouveaux territoires, à la défense de lointaines frontières, s'élancer sur les traces de ses deux frères morts au combat, ces ombres héroïques qui hantent la mémoire familiale.

Les oreilles de sa sœur Geneviève ont été moins sélectives.

— Je l'ai aussi entendu dire qu'il ne laissait que très peu à sa veuve et à ses enfants.

— Ce sont des histoires! s'insurge le jeune militaire. C'est la rancune qui lui fait dire ça. Et tu ne devrais pas le répéter! Tu oublies que notre père a mérité la croix de Saint-Louis! Père était le seul à oser affronter M. de Vaudreuil publiquement, à s'opposer à ses idées. Et M. de Vaudreuil le supportait très mal. C'est de la jalousie!

— Je n'en suis pas si sûre, réplique Geneviève.

Tous se tournent vers Mme de Ramezay, la suppliant silencieusement de trancher le débat.

— Je ne connais pas encore l'état exact de nos finances, dit-elle après quelques secondes d'hésitation. L'exploitation des moulins à scie nous assure un revenu fixe et appréciable, mais il est évident que les fonctions de votre père l'ont parfois obligé à des dépenses onéreuses. Quand j'aurai fait le bilan de tout cela avec maître Dupuys, je pourrai vous en dire davantage. Quoi qu'il en soit, vous pouvez être fiers de votre père et du souvenir qu'il laisse. Jamais sa droiture n'a été mise en doute. C'est le plus bel héritage qu'un homme puisse laisser à ses enfants.

Rassurés et touchés, Roch et Geneviève se retirent, réconciliés. Louise reste seule avec sa mère. Elles savent toutes les deux la triste vérité. L'une par instinct, l'autre par calcul.

— Pourquoi le défendez-vous encore? demande Louise.

Devant le silence consterné de sa mère, elle hésite à continuer, mais la rancune l'emporte sur la pitié.

— Il ne nous a laissé que des dettes, vous le savez bien! Et le souvenir, dans toute la colonie, d'un homme dur, intransigeant et coléreux. Avec qui ne s'est-il pas querellé? Quand on lui a refusé une garnison dans la mission des jésuites à Sault-Saint-Louis, il s'est disputé avec les jésuites. Il a accusé les frères hospitaliers de tous les crimes de la terre. Il a même écrit au Conseil de la Marine pour se plaindre d'eux en n'hésitant pas un seul instant à se mettre tous leurs amis à dos. Sans compter sa dispute avec Vaudreuil, dont personne ne se souvient plus comment elle a commencé. Et j'ai entendu dire que les gens des Trois-Rivières gardent un bien mauvais souvenir des années où il a été leur gouverneur.

— Tu ne sais pas tout, Louise. Tu l'as vu avec des yeux d'enfant, des yeux de juge. Tu ne sais pas tout le discrédit que certains se sont acharnés à jeter sur lui, l'ignoble campagne de dénigrement dont il a été l'objet. Nous habitons un pays neuf, tout entier à conquérir, où chacun sert ses propres ambitions avant tout. Dans une colonie comme la nôtre, les bassesses côtoient l'héroïsme et rares sont ceux qui s'embarrassent de principes. La morale est écrite par les tout-puissants. À ton âge, tu ne peux pas tout comprendre. L'évidence cache souvent les plus incroyables faussetés. Ton père, quoi qu'on en dise, a beaucoup fait pour la Nouvelle-France.

On s'est souvent moqué de sa manie de bâtir, mais c'est pour le pays, pour en faire quelque chose de grand qu'il érigeait toutes ces demeures. Il s'est toujours battu contre la malpropreté des rues, contre les trafiquants d'eau-de-vie, contre la corruption. Il s'est constamment porté à la défense des endroits menacés par les Anglais, que ce soit à Montréal, à Québec ou à Chambly. Sans jamais reculer. Il croyait en la Nouvelle-France et il s'est battu jusqu'à sa mort pour elle. Tu as beaucoup de choses à apprendre sur ton père.

— Je ne sais pas tout, c'est vrai, mais je sais quel genre d'homme il était. Brusque, ambitieux, vaniteux, prêt à tout pour arriver à ses fins, heureux dans l'intrigue et les rivalités.

— Ce n'est pas ton père que tu décris là. Ce n'est pas cet homme que j'ai épousé, que j'ai aimé... La mort de ses fils l'avait rendu amer.

— Comment pouvez-vous dire ça? Il n'a même pas versé une larme. Il a continué comme si rien n'était arrivé, se drapant fièrement dans l'honneur des Ramezay.

Charlotte de Ramezay serre les mains nerveuses de sa fille dans les siennes. Des mains larges, fortes, aux doigts longs et robustes, comme celles de son père. Louise ressemble tellement à cet homme qu'elle abhorre. Mais Mme de Ramezay ne le lui dira pas. L'orgueil de sa fille, hérité lui aussi de son père, ne le supporterait pas.

— Ne juge pas simplement d'après ce que tu vois. Chacun se défend comme il peut contre la douleur.

Certains en la niant. Tu ne dois pas en vouloir à ton père parce qu'il avait choisi des armes différentes des tiennes pour lutter contre l'adversité.

— Vous saurez, pour l'argent?

Louise redevient une jeune fille inquiète devant l'avenir incertain.

— Je ne sais pas encore... Je crois que je devrai vendre la maison.

Cette trop grande maison due à l'ambition de son défunt mari, ce château de pierres, immense, somptueux, et dont les frais d'entretien pèsent de plus en plus lourd. Cette maison qu'elle aime pourtant, avec ses poutres, ses pierres chaudes, ses murs rassurants constamment emprisonnés dans l'odeur tendre du bon pain chaud. Quand elle s'y est installée, en 1705, Mme de Ramezay, gênée par tout ce faste, a d'abord cherché à dissimuler son attachement au château pour ne pas attiser les jalousies et donner prise aux mesquineries. Puis, cette immense demeure, elle l'a peu à peu acceptée comme elle a d'ailleurs accepté tout le reste. Y ont défilé, jour après jour, tant les simples citoyens venus se plaindre ou demander un appui que les figures dominantes de la colonie. Claude de Ramezay l'avait voulu ainsi quand il en avait confié la construction à Pierre Couturier, maître maçon et architecte. Une maison de prestige, avait-il dit, qui deviendra un lieu de rencontre unique en Nouvelle-France, qui saura recevoir l'habitant comme le seigneur. Et l'artisan avait bien fait son travail. Tout inspire confiance dans cette construction: la double voûte, les planchers en dalles de pierre et les murs épais en pierre calcaire assurent au bâtiment une solidité à toute épreuve tandis que les jardins et vergers qui l'encadrent invitent aux confidences et au recueillement.

La veuve du gouverneur aime cette maison, mais il lui faut se rendre à l'évidence. Au bout de quelques mois seulement, elle peut constater dans quelle situation financière désastreuse son mari l'a laissée. Consternée, elle tente de cacher à ses enfants les misères qui l'assaillent. Le gouverneur lui a, bien sûr, consenti une rente annuelle de mille livres en raison des services rendus au pays par son mari, mais la somme est nettement insuffisante pour maintenir le niveau de vie auquel les membres de la famille sont habitués. Roch a besoin de solides relations au sein de l'aristocratie pour s'assurer un avancement dans les troupes coloniales. Et les relations s'achètent... Angélique, Louise et Élisabeth sont d'âge à se marier et la pauvreté n'a jamais attiré les beaux partis. Heureusement, Catherine, Charlotte et Geneviève ne manquent de rien, les deux premières protégées par leurs communautés religieuses, la dernière bien mariée et mère d'une belle petite fille, Louise-Geneviève.

Reste Charles-Hector, lieutenant dans les troupes françaises; il doit avoir reçu la nouvelle de la mort de son père. Mme de Ramezay compte sur ce fils, maintenant âgé de trente ans et exilé en France depuis bientôt cinq ans, pour prendre en main les affaires de la famille. Son dernier espoir. Il lui faut absolument tenir le coup jusqu'à son retour.

En attendant, elle songe sérieusement à vendre la maison, même si vendre le château, c'est vendre une partie d'elle-même.

Louise sursaute. Sa mère a laissé tomber son ouvrage.

— Vous allez bien, maman?

— Oui... Oui...

Vendre la maison... Une partie d'elle-même. Pourtant, sans en parler aux enfants, elle l'a déjà offerte au gouverneur de la Nouvelle-France pour vingt-huit mille deux cent quarante-cinq livres. Vendre la maison... Le gouverneur a refusé.

Mme de Ramezay laisse échapper un soupir. Louise et Élisabeth la regardent.

Le gouverneur a refusé. Vendre la maison, c'était pourtant sauver l'honneur, payer les créanciers, s'assurer un revenu pour les années à venir. C'était aussi vendre une partie d'elle-même...

Mme de Ramezay sourit à ses filles. Louise retourne à son livre, Élisabeth à sa broderie. Elle les observe discrètement. Sa cadette l'émeut, gracieuse et royale dans sa robe de satin bordée de mousseline et de dentelle. Alors que Louise, dénuée de toute parure mais belle et fière jusqu'à l'impertinence, la rassure.

— Vous savez où est Angélique? leur demande-t-elle?

— Elle est allée avec Mme d'Youville visiter les malades.

Charlotte de Ramezay fronce les sourcils. Cette amitié entre Marguerite d'Youville et sa fille la contrarie. Du même âge, les deux femmes aspirent à soulager la détresse humaine. Mais la première, mariée depuis trois ans, néglige son mari pour vaquer à ses bonnes œuvres, ce qui trouble plusieurs consciences. Le premier devoir d'une épouse n'est-il pas de procurer du bonheur à son époux? Et M. d'Youville, dont la réputation de trafiquant d'eau-de-vie a traversé les frontières, aurait bien besoin, selon certains, de la présence à ses côtés d'une femme compréhensive et aimante pour le ramener à la vertu. On se plaît méchamment à dire que Mme d'Youville, si elle y voyait plus clair, pourrait trouver dans sa propre maison son contingent d'âmes à sauver, son beau-père ne le cédant en rien à son mari quant à la débauche et aux intrigues malhonnêtes. Tous les deux fournissent régulièrement aux Indiens de quoi ne pas dessaouler pendant deux lunes.

— Elle rentrera tôt. Ne vous inquiétez pas.

Ne pas s'inquiéter! Il faut avoir vingt ans pour parler ainsi. Qu'adviendra-t-il de ses filles si leurs revers de fortune font fuir les prétendants? Tout se sait en Nouvelle-France. On a beau jouer la comédie, chacun devine précisément ce qu'on veut cacher. Elle ne pourra plus subvenir à leurs besoins très longtemps. Il faut absolument les marier au plus tôt.

«Les filles qui sont libres se doivent maintenir en cet état...» Louise, incapable de se concentrer, relit la même phrase pour la dixième fois. Les gestes saccadés de sa mère, ses distractions, ses rêvasseries la déconcertent. Elle connaît bien la source de ses inquiétudes

et voudrait l'aider. Le combat ne l'effraie pas, seul l'entêtement de la veuve à ne pas mêler ses filles à ses affaires fait obstacle à son enthousiasme. Louise connaît les scieries beaucoup mieux que sa mère: elle en connaît le fonctionnement, les avatars, les dangers, les capacités; elle sait tout des marchés, des prix, des contrats. Elle peut distinguer les essences de bois à l'odeur et peut dire quelles planches feront le plus bel ouvrage. Elle a beaucoup écouté, parfois même épié les conversations pour obtenir des réponses à ses questions. Si seulement elle pouvait convaincre sa mère de lui faire confiance.

— Vous comptez toujours vous rendre à Chambly cette semaine? demande-t-elle en déposant son livre sur une petite table.

— Oui. Je veux vérifier moi-même si tout est prêt pour la prochaine saison au moulin de la rivière aux Hurons. Je veux absolument respecter le contrat signé par ton père.

— M. Texier vous fera savoir s'il y a des problèmes. Père lui a toujours fait confiance.

— Moi aussi. Philippe Texier s'occupe de nos moulins depuis onze ans. Il les connaît par cœur. Sans lui...

— Alors, pourquoi vous obliger à un voyage aussi épuisant? Les chemins sont durs pour se rendre à Chambly, surtout en cette saison.

— Je dois voir moi-même où en est la coupe. Ton père se rendait toujours au moulin au printemps. «Les hommes sont encore empêtrés dans l'hiver, disait-il, il faut les secouer pour qu'ils ne prennent pas de retard.»

— Emmenez-moi avec vous.

— Il n'en est pas question. Une fille de ton âge n'a rien à faire dans un moulin à scie.

— Mais...

L'arrivée de Claudine interrompt leur conversation. La domestique tend une missive à Mme de Ramezay.

La missive suppliait: «Venez vite.» Mais Mme de Ramezay n'a pas fait assez rapidement. Sa fille Catherine, son aînée, n'a pas attendu; elle s'est éteinte au couvent des ursulines de Québec, entourée de prières. «Nous l'aimions tellement, madame.» Elle n'a dit au revoir à personne. «Notre bien-aimée mère Marie-Catherine repose maintenant auprès de Dieu qu'elle a tant vénéré.» Elle était si jeune, même pas trente ans. «Dieu veut donc tout nous prendre.»

— Venez vous reposer, maman. Le voyage vous a fatiguée.

Non, pas le voyage. La douleur, l'impuissance, la rage. Surtout la rage.

— Remettez-vous-en à Dieu, madame, conseille la supérieure. Il sait ce qu'il fait.

— Dieu me torture, ma mère. Il m'arrache des lambeaux de chair et les laisse pourrir de par le vaste monde. Il m'a enlevé des petits à peine sortis de mon ventre, encore recouverts de mon sang. Il m'a volé des enfants que j'avais vus grandir. Il a assassiné mes fils, ces hommes que mon amour avait nourris. Je meurs, ma mère, à petit feu. D'affliction, de désespoir. Non, Dieu ne sait pas toujours ce qu'il fait.

Louise, déchirée, s'éloigne de sa mère. Elle recule devant cette détresse sans fin dont on ne s'échappe jamais. Elle refuse cette souffrance, ferme son corps à cette douleur des mères constamment ravivée, se rebelle contre ces amours trop grandes qui envahissent jusqu'à la volonté. Et les mots sur lesquels elle ne pouvait se concentrer quelques jours plus tôt commencent à prendre tout leur sens: *«Les filles qui sont libres se doivent maintenir en cet état...»*

Après l'enterrement, Angélique, troublée, demande à rester quelque temps avec sa sœur Charlotte à l'Hôpital général. La religieuse accueille sa cadette avec plaisir et tente de convaincre sa mère de profiter elle aussi de la paix du monastère. Mais Mme de Ramezay décline l'invitation et repart avec Louise et Élisabeth sur des chemins malmenés par le printemps. Elle est attendue à Chambly.

La volonté nouvelle de sa mère émerveille Louise. Où trouve-t-elle donc la force de poursuivre sa route? Comment cette femme jusqu'alors faible et soumise, cette esclave qui ne savait qu'enfanter et prier, a-t-elle pu se transformer soudain en une femme volontaire, obstinée même? Louise doute maintenant de son propre courage, de sa propre détermination. N'a-t-elle pas plutôt hérité de la haine, de l'ambition démesurée et de l'égoïsme de son père? La violence qu'elle ressent parfois embrouille sa raison. Des passions mauvaises la hantent et lui ferment toutes les avenues possibles.

Le cloître la rebute. Le mariage également. Elle ne se croit pas assez de vertu pour en supporter les charges et les infortunes. Elle ne saurait dire de quoi est faite sa rage, mais elle sait bien la force irrésistible qui la pousse et la tiraille, l'impatience qui la trouble, la violence mal contenue qui dirige chacun de ses gestes, chacune de ses paroles.

— Est-ce qu'on arrive?

Élisabeth s'impatiente, éreintée par les soubresauts de la calèche.

— Nous y serons bientôt. N'oubliez pas vos promesses: vous ne vous promenez pas parmi les hommes, vous vous faites discrètes et vous gardez votre rang.

— Est-ce qu'on pourra se laver?

— Nous pourrons sûrement nous installer chez Philippe Texier. Votre père y avait une chambre réservée à chacune de ses visites.

— Et qui cuisinera pour nous? s'inquiète Élisabeth.

Courroucée, sa mère lui rétorque rudement:

— Vous avez voulu venir avec moi au lieu de rester à Québec avec votre sœur ou de rentrer toutes seules à Montréal. Vous avez décidé de m'accompagner malgré mes réticences. Sachez que vous devrez oublier votre confort pour quelques jours. Et sans vous plaindre!

Philippe Texier a tout prévu. Deux femmes de Chambly, engagées pour le temps de leur séjour, ont nettoyé la maison, fleuri la cuisine, et, bien sûr, elles verront à préparer les repas. Le contremaître couchera dans la grange.

Dès le lendemain de leur arrivée, Mme de Ramezay passe la journée à inspecter la scierie et à rencontrer les hommes pendant que ses filles profitent du soleil printanier en se promenant autour de la maison. En tendant l'oreille, elles peuvent entendre le grincement de la roue qui amène l'eau de la rivière au moulin et les cris des hommes par-dessus la stridulation régulière des scies.

— Je vais voir le moulin!

— Tu es folle! Si maman te voyait!

Mais Louise est déjà partie. Il lui faut à tout prix mettre une image sur tous ces sons. Alerte, elle emprunte à grandes foulées un petit sentier encore vaseux des dernières pluies et se retrouve quelques instants plus tard au bord de la rivière. Elle la remonte sur une courte distance avant d'apercevoir le moulin, construction imposante mais fragile nichée à environ trois mètres au-dessus de l'eau. Des hommes s'affairent, les uns dans l'eau à accrocher les énormes billes de bois qui montent lentement vers le moulin, les autres à l'intérieur du bâtiment d'où ils surgissent parfois pour lancer un ordre ou un juron. Le bois coupé embaume. Toutes les essences s'entremêlent.

Louise s'assoit sur une pierre, à l'abri des regards, et, pendant un long moment, elle se laisse bercer par le ronronnement monotone du moulin et les grincements de la grande roue. L'air est bon. L'eau limpide coule lentement, comme aspirée par l'écluse où elle va se fracasser en larges tourbillons. Des grenouilles en mal d'amour coassent bruyamment, rivalisant d'impétuosité avec les martins-pêcheurs aux voix fortes et grinçantes. Un voilier d'oies blanches frémissant en cadence se profile à travers les rayons du soleil. La jeune femme rejette la tête vers l'arrière et ferme les yeux, ravie, heureuse.

Au souper, Philippe Texier, optimiste, présente à sa patronne un résumé de la situation. Le sciage va bon train; les hommes ont même pris de l'avance. Le bois pourra partir dans quelques semaines.

— J'espère que mon fils sera revenu de France pour voir à l'embarquement.

Il doit savoir maintenant qu'elle a besoin de lui.

Louise observe Philippe Texier. C'est un homme rude, un homme des bois. Les bonnes manières auxquelles il s'astreint accroissent sa gaucherie et le rendent touchant. Des effluves de chêne, de frêne, de sapin ont envahi la maison avec lui. Courtes et larges, faites pour abattre les arbres, ses mains saisissent maladroitement le pain. Il a machinalement posé son couteau sur la table, mais il n'ose pas l'utiliser. Le vieil outil au manche grossièrement sculpté a plus souvent servi à dépecer l'orignal et à arranger le poisson. Il s'accommode mal des civilités. Louise a pitié du contremaître. Elle s'en veut de l'embarras qu'elles lui causent. Il n'est plus chez lui dans sa propre demeure. Elle l'imagine seul, la chemise ouverte sur un torse ruisselant de sueur, le geste franc, plein, énergique. Il tranche le pain vigoureusement, étale dessus une bonne couche de beurre et mord avec avidité. Ses muscles roulent sous sa chemise. Il passe la main dans sa chevelure épaisse, en délogeant des aiguilles de sapin.

— Nous partirons demain, les avise Mme de Ramezay.

Non! Pas déjà! Une odeur de forêt la retient ici. Des bras l'enserrent sans la toucher. Des yeux la supplient sans la regarder. Des yeux noirs.

Une dernière nuit...

— Le moulin est emporté!

Le cri vient de partout à la fois. Il éclate dans les ténèbres, sans visage, porté par l'épouvante, amplifié par le claquement des éclairs. La nuit devient mouvement, puis agitation. Des ordres jaillissent que personne n'entend. Des ombres s'entrechoquent, irréelles, chaotiques. Une frénésie vaine, sans but, sans pouvoir.

Réveillées en sursaut, les femmes accourent derrière les hommes en pataugeant dans la boue. Leurs robes sales et trempées moulent leurs corps; leurs cheveux défaits et alourdis par la pluie leur collent au visage. Impuissantes, elles se regroupent à une distance respectable de la rive en tenant fermement la main des enfants trop curieux qui voudraient s'approcher du moulin. Le bâtiment craque de partout. La rivière en crue charrie des trombes d'eau que l'écluse ne peut plus freiner.

N'y tenant plus, Louise se rapproche. Le vacarme devient assourdissant. À la lueur des éclairs, elle aperçoit de grands bordages de chêne emportés comme des fétus. Puis l'écluse se rompt dans un terrible grondement de bois fracassé. Tout s'agite autour de la jeune fille; des hommes la bousculent. Poussée par une grande fureur, elle court avec eux, attrape une planche qu'un homme lui lance, la tire de toutes ses forces sur la rive. Une autre surgit devant elle, puis une autre. Elle saisit fermement le bois trempé, pousse, hale. Les pieds dans l'eau, elle résiste au courant jusqu'à ce que le vacarme cède la place à un grand silence. L'orage se perd au-dessus des montagnes, mais la pluie n'a pas cessé. Aucun répit. Aucune pitié. Elle enferme les êtres et les choses dans un décor de bruine qui oppresse jusqu'à l'étouffement.

Dans les brumes de l'aube se profile le mouvement désordonné des hommes les plus endurcis qui résistent encore et s'acharnent à sauver certaines pièces. Quelques-uns n'hésitent pas à se lancer à l'eau pour rapporter des parties de la scie qui pourront peut-être servir plus tard. Mais la fatigue ainsi que la vanité de leurs efforts les obligent à se retirer un à un pendant que la rivière, sortie de son lit, continue à rugir. Les hommes abdiquent.

Philippe Texier rejoint Louise. Désemparée, la jeune fille regarde les quelques planches qu'elle a hissées sur la rive. Tant d'énergie dépensée pour un résultat si dérisoire... Il lui tend la main et l'aide à remonter vers la maison où les attendent Mme de Ramezay et Élisabeth. Un soleil blafard annonce le commencement du jour. Il ne reste du moulin qu'un amas de poutres enchevêtrées, quelques-unes amarrées à la terre ferme, les autres ballottées par le courant.

Louise sent le souffle du contremaître dans son cou. Elle partage sa lassitude, le corps esquinté, les mains couvertes d'échardes, la force brute de l'homme raillée par la puissance des éléments. Une grande mélancolie soudain, qui ne vient pas de la perte de la scierie puisqu'elle ressemble à du désir.

— Que proposez-vous, monsieur Texier?

L'homme hésite. Reconstruire le moulin prendra du temps. Quelques planches et bordages ont pu être sauvés, mais on est loin du compte. Les pertes sont considérables. Pour réussir à respecter le contrat, il faudrait scier à bras, mais les hommes ne sont pas assez nombreux. Le mieux serait, selon lui, de descendre ce qui reste à l'état brut jusqu'à Québec et d'attendre le premier bateau.

— Le *Chameau* est attendu pour le mois de juillet au port de Québec. En s'y mettant immédiatement, on peut descendre le bois, l'embarquer sur le *Chameau* et le faire scier à Rochefort.

Construire les cages n'a pris que quelques jours. Mme de Ramezay, décidée à superviser l'embarquement des pieux, a bien essayé de renvoyer ses filles à Montréal, mais celles-ci ont insisté pour rester et, comme leur présence la réconforte et l'empêche de céder au découragement, elle a consenti.

— Je vais suivre le bois personnellement avec mes meilleurs hommes, l'assure Philippe. Tout devrait bien se passer.

— Vous avez suffisamment d'ancres et de câbles?

— Ça ira.

Après une dernière vérification du chargement, Philippe Texier donne le signal du départ. Les grandes cages en forme de radeaux, mesurant quinze mètres de long et six mètres de large, amorcent une longue et lente procession. Menées avec témérité par les cageux, tous des hommes habitués à ces embarcations et que pas un rapide n'apeure, elles comportent chacune deux rangs de billes solidement attachées. Au hasard des soubresauts provoqués par le courant, on entrevoit les barriques accrochées sous leur flanc. Étrange caravane.

Louise les suit un moment le long de la rive, puis les cageux, enhardis, prennent de la vitesse. Philippe Texier lui fait un signe de la main. Quand elle répond, il s'est déjà retourné, tout entier à sa tâche.

«Mes pauvres vieilles jambes ne supportent plus les bravades. Le temps a gagné...»

Elle tourne le dos à la pluie tapageuse, geôlière impitoyable qui confine à son propre silence. Qui refoule les pensées jusqu'aux écueils les plus lointains.

Les douleurs se confondent. Comme le temps, comme l'espace. La vieille femme se tient le ventre à deux mains et en pétrit les chairs flasques, le corps tout entier contenu dans cette souffrance.

Une immense lassitude la terrasse soudain, plus forte que la douleur. Une chandelle s'éteint, donnant à la nuit un peu plus de pouvoir. La pluie a cessé, obéissant à quelque ordre muet. Remplacée aussitôt par un silence plus intraitable.

L'écureuil gratte dans le grenier.

Louise de Ramezay va lentement vers l'âtre où des braises rougeoyantes n'arrivent plus à réchauffer la pièce. Elle se penche péniblement, y dépose deux bûches aussitôt assaillies par les flammes.

Le bois crépite et fait reculer la nuit un moment, en même temps que la douleur.

La septuagénaire marche ensuite à petits pas vers le grand lit où elle s'assoit avec lourdeur. Elle voudrait s'étendre, renoncer, disparaître dans sa souffrance. Mais la mémoire s'avive, dernier foyer de résistance, et, obstinée, lui refuse toute trêve.

Elle réclame du temps. Quelques heures encore.

Du temps.

Peut-être la seigneuresse de Ramezay verra-t-elle le jour se lever encore une fois, peut-être pourra-t-elle entendre la tourterelle rouler sa chanson triste au petit matin…

Entendre la tourterelle une dernière fois…

Elle soupire, s'installe plus confortablement, prenant peu à peu un cruel plaisir au jeu de la mémoire. Des mots lui reviennent qu'elle croyait avoir oubliés: *«La possession d'une liberté juste et bien réglée est le plus naturel, le plus véritable et le plus délicieux de tous les contentements. »*

La liberté...

«Le plus délicieux de tous les contentements... »

«J'y ai cru parce que j'avais besoin d'y croire. J'ai tant sacrifié à cette liberté. Mais d'où me vient, ce soir, ce vide au creux de la poitrine? Comme une faim jamais assouvie... J'ai cru les mots parce qu'ils servaient mes ambitions, me confortaient dans mes désirs, justifiaient ma dissidence. Je les ai sculptés à l'image de mon destin, assurée de savoir. Aujourd'hui, je ne sais plus qui a servi, qui a été trompé. Disparu le contentement promis. Reste le vide. Aurais-je été l'esclave d'un rêve trompeur? Ai-je eu raison ou ai-je été bernée? D'où me vient ce vide au creux des bras comme si d'étreindre la terre entière ne me suffisait plus? Pourquoi la solitude me pèse-t-elle aujourd'hui plus qu'hier?»

Épuisée, elle pleure un long moment, comblée par ces larmes si longtemps retenues. Elle pleure des bonheurs refusés au profit d'autres bonheurs. Il faut donc toujours choisir... Puis le calme revient et, avec lui, l'assurance. Elle ne va pas regretter d'avoir choisi la liberté. Elle ne doit pas regretter, même si elle s'accorde enfin le droit de pleurer...

Elle se prend la tête dans les mains. Pour mieux se souvenir. Recroquevillée sur son passé, elle s'octroie une dernière chance de savoir... avant que tout avenir ne lui échappe.

Les cages se fracassent sur la côte. Les billes se heurtent aux rochers, se rompent sur les brisants, disparaissent dans la mousse blanche. Des hommes hurlent, captifs des câbles auxquels ils s'accrochent désespérément tout en sachant qu'ils les entraînent vers la mort. Philippe tend les bras, malmené par les vagues. Son visage disparaît. Ne restent que ses yeux noirs dans un halo d'écume.

«Louise! Louise!» Ses yeux sans visage. «Louise! Réveille-toi! On t'entend gémir dans toute la maison. »

Élisabeth a bien du mal à calmer sa sœur aînée. Le cauchemar empiète sur le jour. Peu à peu, cependant, Louise se souvient. Philippe est ici. En sécurité. Le bois jeté à la côte par le mauvais temps. Les câbles, les ancres emportés par l'orage. Les cageux ont sauvé ce qu'ils ont pu, leur vie avant tout. Philippe est là, tout près, dans la grande maison réchauffée par le soleil de juillet. Le retard du *Chameau*. Les hommes qui veulent être payés. La gêne de Philippe. Ses yeux.

Dans le salon, Mme de Ramezay, radieuse, rassure son contremaître:

— Vous pouvez dire aux hommes qu'ils seront payés. J'ai des nouvelles de mon fils; il revient avec des hommes et des outils, à bord du *Chameau*.

Enfin libérée de ce fardeau! Charles-Hector prendra tout en main. Lui saura. Les hommes connaissent mieux ces choses. Ils dirigent tout naturellement. Il faut un homme pour conduire des hommes.

Les mauvaises nouvelles apportées par le contremaître ne réussiront pas à altérer la joie de Mme de Ramezay.

De la joie. Il reste la joie. Il faut fuir ce lit qui ressemble trop à un tombeau. Elle se lève brusquement. Le geste lui arrache une plainte. Elle marche dans la chambre d'un pas qu'elle imagine encore rapide, énergique. Du lit à la fenêtre, de la fenêtre à sa table de travail. Elle ne veut pas s'asseoir, ne pas s'arrêter. Pas encore. Des musiques l'habitent et la possèdent, des musiques débordantes de jeunesse, des rythmes inscrits dans son corps de petite fille.

La danse va bon train. L'intendant Bégon se réjouit. Le bal donné en son honneur est réussi.

La petite fille virevolte parmi les danseurs qui s'amusent de son exubérance. Les violonistes ne jouent que pour elle, minuscule au milieu des robes immenses. Elle imite les adultes, salue gracieusement ses nombreux cavaliers imaginaires. Quand le souffle lui manque, elle s'arrête un moment et laisse la musique glisser en elle.

Des femmes restent assises sur des chaises inconfortables soigneusement alignées tout autour de la salle de bal. Leurs pieds, en battant la mesure, trahissent leur impatience, leur soif de mouvement. La musique les attire, les fait se pencher en avant, prêtes à entrer dans la danse.

Mais qu'attendent-elles donc? se demande Louise. Comment peuvent-elles résister? Qu'est-ce qui les retient sur leur chaise? Quand un homme se courbe gracieusement devant l'une d'elles, l'heureuse élue sourit, se lève avec précipitation et s'accroche, reconnaissante, au bras de son cavalier qui l'entraîne sur la piste. Pourquoi les autres ne viennent-elles pas aussi? s'inquiète la petite fille. Mais elle a repris son souffle et se remet à virevolter malhabilement au milieu des grands.

Les souvenirs accusent sans flatterie. Ils témoignent cruellement du temps qui passe. Essoufflée, la vieille femme se dirige vers sa table de travail. Après s'y être assise, lentement, pour ménager ses os décalcifiés, elle reprend son livre. Sans lire. Comme on prend la main d'un ami. En silence. Parce que les mots ne savent pas tout dire.

Août 1725.

Perdu. Corps et biens. Son frère Charles-Hector ne rentrera pas au pays.

Louise essaie de se rappeler son visage. Elle avait quinze ans à son départ pour la France. Lui en avait vingt-cinq. Ses traits s'effacent sous un habit de militaire aux boutons rutilants.

Le *Chameau*, un des plus beaux navires de France, s'est brisé sur un rocher près de Louisbourg. Chargé de colons, de marchands, de religieux, de bétail, de volailles, de tissus, de rhum. Avec à son bord un homme heureux de retrouver les siens après un trop long exil. Le temps était si mauvais, ce jour-là, que les pêcheurs, prudents, s'étaient enfermés dans leur cabane. Ils n'ont rien entendu des cris de détresse, des plaintes du bois se fracassant sur les rochers. La mer a tout englouti. Sans témoins. Le lendemain, on a bien repêché une cinquantaine de cadavres sur les trois cent seize naufragés, mais Charles-Hector n'était pas de ceux-là. Même les cochons, qui pourtant nagent si bien, sont venus morts à la côte, au grand étonnement des premiers sauveteurs arrivés sur les lieux.

Mme de Ramezay erre dans ses souvenirs. Elle cherche une relique, une odeur, un morceau de tissu auquel se raccrocher. Il lui faut toucher son fils, remplir ce vide qui lui brûle les mains. Elle retrouve sa voix à travers ses lettres... Du papier froissé, déjà jauni comme s'il venait d'un autre temps, voilà tout ce qui lui reste de sa chair, de son sang, de ses espoirs. Charles-Hector représentait à lui seul le secours, le réconfort, la paix promise, la force. Il devait sauver l'honneur de la famille. « Pourquoi lui? Pourquoi lui?... Il n'avait pas le droit! Dieu n'avait pas le droit! Pourquoi lui? » Et Louise qui prend sa mère dans ses bras entend: « Pourquoi pas toi? »

Le bois amarré à Québec et qui attendait le *Chameau* ne partira pas cette année pour Rochefort. Les pertes risquent d'être considérables. Le contrat passé avec le roi de France ne pourra pas être respecté. Il faut de plus rembourser les emprunts faits en France par Charles-Hector pour payer ouvriers et outils disparus dans le naufrage. Et les cageux réclament leur salaire avec de plus en plus d'agressivité...

— M. Clément de Sabrevois, sieur de Bleury, demande à voir Madame.

En sortant du salon, Claudine croise le sieur de Bleury, trop impatient pour attendre la permission d'entrer.

Louise laisse sa lecture et fronce les sourcils. Le nouvel associé de sa mère ne lui plaît guère. Il affiche une assurance condescendante où le mépris frôle souvent l'obséquiosité. Mais, bien sûr, sa mère ne lui a pas demandé son avis. Apeurée par l'ampleur de la tâche, désespérée par la disparition de son fils, elle a pensé régler tous ses problèmes en s'associant pour cinq ans à cet homme qui, aussitôt les papiers signés, a tout pris en main. Leur contrat oblige Sabrevois à avancer les fonds requis tandis que Mme de Ramezay doit fournir l'emplacement et le bois. Enthousiaste et sûr de lui, le sieur de Bleury se veut rassurant, mais Louise n'arrive pas à lui accorder sa confiance. Pour ne pas lui sourire, elle se réfugie dans son livre. Sa mère, au contraire, le reçoit avec amabilité, confiante qu'il saura réparer ses bévues de femme inexpérimentée. Pourtant le sieur de Bleury n'a pas empêché les glaces d'emporter une partie du bois amarré à Québec. Il n'a pas empêché non plus les voleurs de partir avec les plus beaux bordages, comme il n'a pas su convaincre le ministre de payer une indemnisation pour les pertes subies lors de l'inondation de l'an passé. Louise n'attend rien de bon de cet homme.

— Je me vois malheureusement dans l'obligation de vous annoncer que le commandant de l'*Éléphant*, le comte Desgouttes, n'a pris qu'une partie de notre bois, déclare-t-il.

— Que voulez-vous dire? s'exclame Mme de Ramezay, ahurie par tant de mauvaise volonté.

— Il a refusé de tout prendre. Il nous reste trois cents bordages de chêne, trois cents bordages de pin et cinq mille planches de pin de dix et douze pieds de long.

— Comment a-t-il osé?

— Il a même fait rogner à soixante-quatre pieds les deux magnifiques mâts de soixante-quinze et soixante-dix-huit pieds que Legardeur de Tilly avait fait venir de votre seigneurie afin de permettre à la cour d'en juger la valeur.

— C'est monstrueux!

— Il a laissé du bois sur le quai et il a complété sa charge avec du lest et des pierres.

Louise ne peut plus tenir.

— Mais qu'avez-vous fait pour empêcher cela?

Le sieur de Bleury devine la colère contenue de la jeune fille.

— Le commandant est seul maître à bord, mademoiselle. Même l'intendant Dupuys, que j'ai aussitôt alerté, n'a rien pu faire.

— Et le bois qui reste, qu'en faisons-nous? demande Louise, agressive.

— J'ai confiance. Le ministre, pour montrer sa bonne foi, va sûrement proposer de l'acheter.

— Et vous vous contentez de vagues présomptions! Ma mère ne s'est pas associée avec vous pour vos pressentiments. Nous avons besoin de vendre ce bois et vous deviez vous en charger!

— Louise, je t'en prie...

— Laissez, madame, la rassure le sieur de Bleury avec un large sourire. Je comprends très bien l'impatience de mademoiselle votre fille. Il est vrai que l'ignorance des conditions du marché et des règles qui le régissent peut entraîner une telle réaction. Mais vous et moi savons bien jusqu'à quel point nous dépendons de mille impondérables et combien notre impuissance est grande face à l'indifférence des commandants.

Il tourne le dos à Louise mais celle-ci n'a pas tout dit.

— Je connais aussi bien que vous les difficultés rencontrées par les propriétaires de moulins à scie, monsieur. Mais je ne vois pas pourquoi nous devrions nous soumettre en invoquant notre impuissance. Ces faux prétextes vous conviennent peut-être, pas à moi! Il faut écrire au ministre pour le mettre au courant du manque de loyauté des commandants de navires. Ces messieurs pensent faire le voyage au Canada pour leurs propres affaires et non pour les affaires du roi. Il faut également exiger la construction de hangars pour éviter que notre bois ne continue à pourrir sur la grève. Et, surtout, il faut développer les chantiers navals, construire nos propres navires pour utiliser notre bois sans dépendre des commandes de France. Il faut agir au lieu d'attendre bêtement le bon vouloir de quelques fonctionnaires complètement ignorants! On n'exploite pas un moulin en fréquentant les salons, monsieur, mais à force de bras et en ne craignant pas de se salir.

— Une chose est sûre, déclare Mme de Ramezay pour couper court à l'envolée de sa fille, je ne renouvellerai pas mon contrat avec le roi. Faites pour le mieux, monsieur de Sabrevois, ajoute-t-elle, donnant ainsi congé à son associé.

Celui-ci parti, elle se tourne vers Louise.

— Qu'est-ce qui t'a pris? Tu devrais m'aider plutôt que d'indisposer les gens qui nous veulent du bien.

— Clément de Sabrevois ne veut de bien à personne. Il cherche uniquement son profit. Il est bien heureux que vous ne renouveliez pas votre contrat. Ainsi, la place est libre et il ne sera pas long à la prendre, vous pouvez m'en croire! Il espère se jouer de vous parce que vous êtes une femme. Vous ne devriez pas lui faire confiance.

Dégoûtée, ne sachant plus qui croire, la veuve garde le silence. Sans ses fils auprès d'elle, elle perd pied. Roch, le seul qui lui reste, est parti au fort Niagara. Elle lui a obtenu la lieutenance de Charles-Hector, convaincue que l'avenir, pour un homme digne de ce nom, se trouve dans l'armée. Elle veut lui épargner tous ces vils marchandages, toutes ces manigances. D'ailleurs, son cadet n'entend rien ni au bois ni au commerce. Il brûle de commander, de se battre. Et, pour le reste, quoi qu'en pense sa fille, Clément de Sabrevois réussira bien à tirer quelques livres de ces satanés moulins à scie.

Elle a mal. La salive s'accumule dans sa bouche et la force à avaler. Chaque déglutition la fait souffrir comme un poignard qui lui vrillerait la gorge. Elle remplit un gobelet de tisane et le porte à ses lèvres en tremblant. Le liquide tiède calme la douleur un moment, mais le souvenir de l'humiliation revient, plus cuisant que jamais. La vieille femme se force à tout ressentir, toutes les douleurs, physiques et morales. Ne plus fuir. Affronter le mal, l'apprivoiser, l'interroger. Inventer des réponses à des questions qui n'en ont pas. Sans mentir. La douleur, parfois intenable, astreint la mémoire à la franchise.

Mariages et naissances ont occupé Mme de Ramezay pendant quelque temps. Roch a épousé Louise Godefroy de Tonnancour. Geneviève a eu un fils. Puis il y a eu les morts... Des enfants mort-nés, comme si Dieu exigeait sa rançon de sang frais. Roch et sa femme ont eu une fille, Marguerite, mais la petite a peur de son père, ce militaire toujours en mission quelque part et qui vient de temps en temps, trop souvent, lui ravir sa mère.

Le pays a profité pleinement de cette longue période de paix amorcée par le traité d'Utrecht en 1713. Depuis des années, on travaille à assurer sa défense, à l'intérieur comme à l'extérieur. Et, pendant que les habitants savourent ce temps de restructuration, que l'agriculture connaît enfin un véritable essor, que la construction navale bat son plein, les troupes françaises préparent le prochain assaut. Les militaires ne croient pas à la paix. Elle leur sert de tremplin, de période préparatoire à la prochaine guerre. Ils vivent toujours dans l'attente, appelant l'affrontement pour justifier leur existence.

Le lieutenant Roch de Ramezay prend part à toutes les expéditions. À peine revenu du fort Niagara où des travaux ont été entrepris dans le but de garantir aux Français une barrière en cas d'attaque des Anglais, il repart au pays des Illinois pour affronter les Renards. Puis le gouverneur Beauharnois lui confie la mission de pacifier les Sauteux de Chagouamigon, au Wisconsin. Toutes tâches qu'il accomplit dans l'honneur.

Quand, après des mois d'absence, il rentre enfin chez lui, sa petite fille le craint comme un étranger.

— Sa carrière l'oblige à s'absenter. Il n'a pas le choix.

Sa femme comprend. Toute menue dans son immense robe, jolie avec ses yeux bleus capables d'exprimer à eux seuls toutes les émotions, Louise de Tonnancour tient la belle maison de la rue Sainte-Anne avec une poigne adoucie par sa gaîté naturelle. Originaire de Trois-Rivières, elle s'est facilement acclimatée à la ville de Québec. Simple et enjouée, elle est fière de son mari, de sa fillette, de sa maison, du regard envieux des autres sur leur bonheur. Tout cela sans prétention, sans méchanceté non plus. Avec pour seule raison son immense joie de vivre. Louise, en visite à Québec, l'écoute gentiment discourir. Elle l'aime trop pour briser son élan. Elle gardera pour elle les reproches, les rancœurs. Elle ne dira pas combien Mme de Ramezay aurait besoin de l'appui de son fils, appui moral autant que financier. Elle taira les quêtes humiliantes et répétées auprès du gouverneur ou du ministre pour obtenir une rente ou réclamer encore et encore l'argent perdu dans le naufrage du *Chameau*. Sans oublier les magasins du Roy qui exigent le paiement des dettes. Quelques livres grapillées ici et là servent à payer les domestiques de la grande maison. Une rente accordée à Élisabeth a permis de faire réparer le toit. La vente d'un lot assure temporairement la subsistance. Mme de Ramezay et ses filles encore célibataires vivent ainsi au jour le jour, des rentes provenant de leurs lointaines seigneuries et des générosités parcimonieuses du roi de France.

Louise ne dira rien à sa belle-sœur, par respect pour sa mère qui tient à vivre ces désagréments en silence, sans perturber la carrière de son seul fils, son dernier espoir. Après lui avoir obtenu la lieutenance de Charles-Hector, elle a usé de son influence pour le faire nommer commandant. Déçue par ses expériences dans le monde des affaires, harassée par les exigences de son associé, inquiète du sort de ses trois filles qui semblent ne pas vouloir trouver de mari, elle a rassemblé tous ses espoirs sur ce fils auquel elle transmet la lourde tâche de sauver le nom des Ramezay.

Louise ne dira rien.

— Quelle robe porteras-tu ce soir?

— La rouge. Je n'ai que celle-là de convenable. Je ne pensais pas être invitée à un bal pour fêter la nomination du nouvel intendant. J'aurais au moins apporté quelques bijoux.

— J'ai tout ce qu'il te faut. Viens, on va te trouver quelque chose. De toute façon, avec ou sans bijoux, tu auras encore une foule de prétendants autour de toi, comme d'habitude. Et, comme d'habitude, tu les ignoreras.

— Je n'aime pas me faire marcher sur les pieds. Les bons danseurs sont tellement rares.

Mais les aspirants au titre, nombreux. Louise attire les regards et suscite des commentaires. Grande et robuste, le regard franc, elle plane au-dessus des commérages, des modes et des frivolités de la petite noblesse. Bien que souriante et amène, elle demeure inaccessible. Elle dérange en même temps qu'elle fascine et la bonne société de Québec la reçoit toujours avec une condescendance troublée. Les habitants de Montréal n'ont pas, bien sûr, le même raffinement, la même culture que ceux de Québec. Tout le monde s'accorde là-dessus. Mais comment ne pas admirer malgré tout la roublardise, le naturel charmant, le goût du risque et de l'aventure des Montréalais? Leur acharnement à ériger une ville si loin de toute civilisation provoque sinon l'admiration du moins l'intérêt. Et le récit de leurs mésaventures agrémente à tout coup les belles soirées de Québec.

L'entrée du nouvel intendant capte l'attention de tous les invités. Magnifique comme toujours, le sieur Hocquart constitue un spectacle à lui seul. Sa perruque, d'une blancheur aveuglante, court en larges boucles sur ses épaules et son dos. Le front haut et large, les sourcils épais, les yeux globuleux donnent au personnage une grâce naïve démentie par un nez long et pointu et une bouche aux lèvres fines soigneusement dessinées. Drapé dans un costume de velours sombre aux chatoiements soyeux, il exploite sciemment le contraste créé par une chemise blanche au col de dentelle pour donner plus de lumière à son visage. Tout en lui témoigne du soin précieux qu'il accorde à son apparence. Son passage propage une persistante odeur épicée plus forte que toutes les autres.

Amusée par l'allure affectée du personnage, Louise a du mal à retenir une folle envie de rire. Elle a encore un sourire moqueur sur les lèvres quand un premier danseur l'entraîne sur la piste. Quadrilles et menuets se succèdent toute la soirée. Les danseurs également. Jusqu'à l'épuisement.

— Pierre de Rigaud de Vaudreuil n'avait d'yeux que pour toi!

Louise sourit à sa belle-sœur sans répondre. Le clapotement des sabots dans la boue des rues emplit la nuit. Encore étourdie par la danse, la jeune femme cherche dans sa mémoire les visages des danseurs, mais leurs perruques poudrées, leurs sourires mielleux et possessifs s'estompent derrière les yeux noirs de Philippe.

— Nous voilà revenues à la maison. Tu veux manger quelque chose avant d'aller dormir?

— Non, je te remercie. Je dois me lever tôt demain. Je veux absolument rendre une dernière visite à Charlotte avant de repartir pour Montréal.

— Reste une journée de plus, si tu veux. J'aime bien quand tu es là. Je pense moins à Roch. Je m'inquiète moins...

Aux abords de Montréal, l'odeur capiteuse des vergers dispersés autour de la ville réjouit la voyageuse. Comme si le fleuve transportait leur parfum sucré vers le large. Puis les maisons apparaissent peu à peu. Petites maisons de bois de charpente, maisons de pierres, plus spacieuses, grands corps de logis orgueilleux, boutiques, couvents, églises, chapelles, canoterie, brasserie, entrepôts. La vie urbaine se déploie sous l'œil de la jeune femme. Elle ne veut pas rentrer tout de suite, prise par les pulsations de la ville. Curieuse, elle cherche des connaissances parmi les flâneurs agglutinés place du Marché, échangeant les dernières nouvelles. Des chapeaux se soulèvent auxquels elle répond par un signe de la main. Rue Saint-Paul, des enseignes aux couleurs bigarrées et aux formes attirantes l'émeuvent. Elle n'aime pas quitter Montréal trop longtemps. Le cocher a du mal à retenir le cheval excité par l'agitation de la rue. Tout autour d'eux, des conducteurs moins prévenants, habitués depuis toujours aux mauvaises conditions de la chaussée, pressent leur attelage au grand galop malgré la boue, les obstacles et les nombreuses remontrances des autorités. Sur la place d'Armes, quelques Montagnais assis par terre observent les militaires rassemblés pour l'exercice. Un peu plus loin, un garçon court derrière un cochon aux cris perçants tandis qu'un petit groupe d'enfants joue aux quilles sur les trottoirs de bois. Engagés, apprentis, journaliers vaquent à leurs occupations dans un grand mouvement désordonné. Gens d'église et notables se saluent révérencieusement avant de continuer leur chemin.

La ville grouille, gronde, pue.

Il fait bon rentrer chez soi.

La douleur disparaît, emportée par des odeurs et des sons qui emplissent la chambre. La vieille femme jette un regard sur l'horloge. Il sera bientôt deux heures.

Il y a eu de bons moments. Peu de rires, mais beaucoup de joie, de cette joie qui supprime tout le reste.

Un hibou hulule. Le chien lui répond.

Elle voudrait dormir maintenant, profiter de cette accalmie dans son corps. La tête sur son bras, elle ferme les yeux. Les années se bousculent. Les êtres, les choses, les lieux, tout s'enlace dans un mouvement sans fin.

«Philippe, mon amour, mon amant, ton visage se perd au milieu d'autres visages, ton odeur s'émousse dans la tourmente.»

Elle ouvre les yeux pour le retrouver. Se redresse.

La lune a dessiné la fenêtre sur le plancher de la chambre. Le jet de lumière en reproduit fidèlement les douze carreaux. Prison pour mémoire arrogante.

L'atmosphère est suffocante. La chaleur torride irrite même les plus résistants. La touffeur pénètre les corps, rougit les visages. Le commis greffier passe un mouchoir d'abord sur son visage, puis sur son cou, enfin sur sa plume qui lui glisse des mains à cause de l'humidité. Après un long soupir, un regard sur la salle et quelques phrases écrites rapidement, il recommence son manège.

Ce procès a trop duré. Trop de gens s'en sont mêlés.

— J'affirme, monsieur le juge, avoir payé tout ce que je m'étais engagé à payer. J'ai même avancé des fonds pour permettre à Mme de Ramezay de réparer le moulin à scie de la rivière aux Hurons. Je l'ai fait en toute bonne foi, sans aucune obligation de ma part puisque mon contrat avec Mme de Ramezay ne prévoyait rien en ce sens.

Clément de Sabrevois prend de grands airs. Il fait sa cour, rusé. Ses liens de parenté avec les Boucher et les Hertel l'assurent de l'appui de l'élite montréalaise. Le juge l'écoute distraitement. Il a déjà tout entendu. Des dizaines de fois. Cinq années, cinq longues années à ressasser ces petites misères! Des chicanes de marchands qui se battent pour quelques livres. Comme si rien d'autre ne comptait. Ils n'ont pas vu l'épidémie de variole qui a tué tant d'enfants. Ont-ils seulement vu l'incendie allumé par l'esclave Marie-Josèphe-Angélique et qui a détruit cinquante maisons de Montréal? La vie coule autour d'eux sans les toucher. Le chemin entre Montréal et Québec est enfin terminé. Les années passent. Que les pluies fassent pourrir le blé sur pied ou que les chaleurs gâtent les moissons, eux ne voient rien que cette chicane qui les fait discourir, et palabrer, et prendre de grands airs.

Le juge fait un signe à l'huissier qui s'approche aussitôt.

— Avons-nous entendu tous les témoins?

— Oui, monsieur le juge.

Il va falloir rendre un verdict.

Il regarde Louise de Ramezay, assise bien droite sur le banc de bois. Elle porte une robe foncée, selon son habitude. Ses cheveux sont relevés en un lourd chignon et elle arbore cet air fier et buté dont elle ne se départit jamais. Semblant peu incommodée par la chaleur, elle attend, patiente, le verdict. Elle a bien défendu les intérêts de sa famille tout le long de cet interminable procès. C'est vrai que sa mère n'a pas fourni le bois à temps comme le stipulait le contrat. Mais comment aurait-elle pu le faire? Les ouvriers ont refusé de travailler sans être payés, et Clément de Sabrevois n'a pas voulu les payer, comme il aurait dû. Il a ses raisons, lui aussi. De bonnes raisons, par surcroît... Le juge soupire. Il fait trop chaud. Il remet sa décision au lendemain.

Comparée à la touffeur de la salle d'audience, la chaleur pourtant écrasante de l'extérieur est presque supportable. Louise longe le mur d'enceinte qui entoure la petite prison. Elle passe une main sur les pierres inégales qui ont gardé un restant de fraîcheur. La ville pue. Des insectes grouillent sur les excréments des chevaux. Des poules cachées sous les trottoirs émane une odeur de fiente. Un chien trop maigre traverse la rue déserte. Il est allé patauger dans les eaux vaseuses du bord du fleuve et ses pattes sales et son pelage détrempé exhalent des relents de limon.

Malgré sa fatigue et la canicule, Louise presse le pas. Elle a hâte soudain de retrouver la maison, avec ses jardins et ses peupliers, ses fenêtres ouvertes sur le fleuve. Tout en marchant, elle replace ses cheveux, passe ses mains moites sur sa robe, redresse le torse.

— Maman! Angélique! Vous êtes là?

— Vous les trouverez au sous-sol, mademoiselle.

— Merci, Claudine.

Elles se sont réfugiées dans la fraîcheur de la grande cuisine car Mme de Ramezay supporte mal la chaleur. La vieille femme de soixante-dix ans respire difficilement. Elle a posé un châle sur ses épaules voûtées.

— J'ai peur que ces écarts de température ne vous rendent malade, maman.

— Je suffoquais là-haut.

Louise regarde furtivement sa sœur. La santé précaire de leur mère les inquiète depuis quelque temps, de même que son apathie. Indifférente à tout ce qui l'entoure, elle passe de longues journées assise à sa fenêtre sans rien voir de l'animation extérieure, préoccupée uniquement de son environnement immédiat, de ses enfants, de sa maison et de ses souvenirs.

Personne ne parle du procès. Depuis le début de cette affaire, toutes s'en remettent entièrement à Louise. Elles en ont fait leur porte-parole, tout naturellement, comme si cela allait de soi.

— Geneviève devrait arriver demain, il faudrait faire préparer les chambres, remarque Mme de Ramezay.

— Tout est prêt, maman, la rassure Angélique.

Geneviève, veuve depuis un an, s'est établie à Québec où son défunt mari lui a légué une maison. Elle y élève ses enfants en essayant, malgré des revenus tout juste décents, de leur offrir la meilleure éducation possible.

— On vient de laisser ceci pour vous, madame.

Claudine refait de la limonade à base d'écorce de citron et remplit les tasses pendant que Louise, avec l'assentiment de sa mère, déchire le cachet de la missive apportée par la domestique. À mesure qu'elle lit, l'étonnement s'accroît sur son visage.

— Une mauvaise nouvelle? demande Angélique.

— Une formalité... Je m'en occupe. Excusez-moi un instant, je reviens tout de suite.

Retirée dans sa chambre, elle relit la lettre. Mme de Ramezay est assignée à comparaître le lendemain même. M. de Rouville, le plaignant, exige le paiement des rentes du moulin à scie de la seigneurie de Rouville, occupé depuis deux ans, soit depuis le 5 juillet 1735, par Mme de Ramezay.

Louise enrage. Pourquoi s'acharner ainsi sur cette vieille femme? Un procès n'est pas fini qu'il faut en commencer un autre. Et depuis quand le lot sur lequel a été bâti le moulin appartient-il aux Rouville? Elle soupçonne derrière tout cela une perfidie de Clément de Sabrevois. Incertain de gagner son procès contre les Ramezay, il aura trouvé un moyen détourné de se venger. Mais elle ne le laissera pas faire. Ni lui ni les autres. Sa mère et ses sœurs s'en remettent à elle pour les affaires de la famille. Elle saura les protéger. Ce rôle lui va bien; elle s'y sent à l'aise. Et la solitude inhérente à toute délégation de pouvoir ne lui fait pas peur. À chacun sa place. Angélique ne pense qu'à ses œuvres. Avec Mme d'Youville devenue veuve, elle accomplit des prodiges de charité malgré le peu d'encouragement de la population. Élisabeth a trente ans. Féminine jusque dans sa force paisible, elle semble pour le moment insensible aux avances insistantes de M. Louis de La Corne. Louise la soupçonne de cacher ses sentiments. Une certaine crainte, peut-être, de s'engager. Ou de quitter la chaleur de la maison où la vie est si douce malgré les petites tracasseries journalières. Les quatre femmes ont réussi à maintenir entre elles une harmonie faite d'attention, de délicatesse et de respect mutuel. Les trois sœurs se sont liguées pour envelopper leur mère d'une tendre quiétude. Complices, elles ferment la porte à tout ce qui pourrait menacer son confort physique et moral. Angélique tait consciencieusement les misères humaines qu'elle côtoie. Élisabeth reste là, toujours disponible, attentive aux moindres caprices de la vieille femme. Et Louise assure le lien avec l'extérieur en évitant de donner un portrait exact de la situation financière et juridique de la famille. Toujours à bout de ressources, incertaine du lendemain, elle défend les siens contre les rancunes, les mesquineries, la dure réalité quotidienne, celle du pain, celle du monde. Envers et contre tous.

Le procès contre Clément de Sabrevois a été épuisant. D'une audience à une autre, le sieur de Bleury a tenté par tous les moyens de salir le nom des Ramezay. Il a provoqué les rires en se moquant grossièrement de «ces femmes incapables de gérer quoi que ce soit, sauf leur garde-robe»; il a ressuscité de vieilles querelles de banc d'église entre Ramezay et Vaudreuil, laissant habilement planer des doutes sur la moralité du gouverneur. Salir, diffamer, médire. Clément de Sabrevois n'a reculé devant rien. Éclaboussée par tous ces discours, Louise a tenu le coup en mettant elle aussi tous ses atouts dans la balance. M\ :sup:`gr` Dosquet, un ami de toujours, a écrit au juge chargé de l'affaire et plusieurs membres de l'aristocratie coloniale sont intervenus personnellement en sa faveur. Elle garde espoir. Il le faut bien. Instinctivement, comme toujours dans les moments de doute, elle prend le livre déposé sur sa table de chevet et tourne lentement les pages. Une phrase capte son attention: *«Les êtres les plus accomplis sont les plus agissants et les plus actifs.»* D'un coup sec, elle ferme le livre. Une énergie nouvelle court dans ses veines. Elle aura le courage de faire face à ce nouveau procès intenté par le sieur de Rouville. Un autre procès qu'il faudra gagner. Celui-là et tous les autres à venir. Pour survivre. Pour faire marcher les scieries. Pour garder la maison. Pour payer les robes d'Élisabeth. Pour permettre à Angélique d'aider les plus démunis. Pour procurer à sa mère le confort dû à son âge.

Louise sourit. Chaque nouvel obstacle décuple sa volonté et sa force. Il en a toujours été ainsi.

Marie-Anne Legras représente Jean-Baptiste Hertel de Rouville. Mandatée par son mari, elle justifie sa réclamation en présentant le procès-verbal d'arpentage et de séparation. Les papiers, bien en règle, prouvent hors de tout doute que les Rouville sont propriétaires, depuis deux ans, de ce bout de terrain.

Louise, perplexe, se laisse subjuguer par la détermination de Marie-Anne. Délicate, la seigneuresse de Rouville parle à voix basse, obligeant ainsi les personnes présentes à respecter le silence le plus total pour ne rien perdre de sa défense.

— Le document ci-joint prouve bien que le moulin est situé sur un lot m'appartenant.

Le débit, lent mais énergique, impose le respect. Louise admire cette puissance incontournable, toute de fragilité et de douceur. Elle en oublie de se défendre. Sa victoire récente sur Clément de Sabrevois l'a rendue euphorique. Elle ne retrouve plus devant Marie-Anne Legras le désir de vaincre qui l'a nourrie pendant les cinq dernières années. La vanité de ces procès qui n'en finissent plus transparaît avec plus d'acuité que jamais. Chaque instant de vie gaspillé aussi inutilement l'empêche de produire toujours plus et toujours mieux. Produire... Profiter pleinement de cette période de prospérité qui touche la Nouvelle-France pour élargir ses horizons, acheter des concessions, ouvrir des terres de colonisation, construire. Le pays est vaste, à perte de rêves. Elle veut y laisser son empreinte.

— J'accorde à la demanderesse... l'obligation pour Mme de Ramezay de payer avant la fin de l'année courante...

Comme chaque fois qu'elle quitte Montréal, Louise ressent la douleur du déracinement. L'impression, fugace, disparaît à mesure qu'elle s'enfonce dans les terres de la seigneurie de Chambly. Octobre a éparpillé ses couleurs. Les ocres et les rouges éclatent sous le soleil de l'été indien. Partout, à la lisière des bois, autour des pierres, dans les fossés, dans les champs en friche, la verge-d'or s'épanouit, l'aster déploie ses multiples coloris. Dans les potagers délabrés, restent seulement les choux, qu'il faudra bientôt entreposer à la cave.

La cavalière met son cheval au pas. La petite jument noire, qui trotte depuis le départ, accepte de bon gré le rythme plus lent imposé par sa maîtresse. Louise glisse une main dans la crinière abondante. L'animal tressaille et bouge les oreilles. Le contact avec l'encolure puissante procure à la voyageuse le sentiment de faire partie intégrante de la nature vive et forte qui l'entoure.

Il arrive qu'elle croise deux ou trois chasseurs, le fusil sur l'épaule, la gibecière débordante de sarcelles, de tourtes, d'oies blanches ou d'outardes. Intimidés, ils inclinent respectueusement la tête. La jeune femme les salue sans s'arrêter. Étrangement, la liberté qui s'affirme dans leur démarche lui rappelle les terreurs de la guerre qu'évoquent si souvent les vieux, les mois de captivité, le manque de vivres, les privations, le danger derrière chaque arbre, les rumeurs inquiétantes. Elle ne connaît bien que la paix. Présente tout le long de sa petite enfance, la guerre ne lui a laissé que des souvenirs vagues de ferveurs subites, de processions, de discussions interminables, de cartes déployées, de départs, de retours. D'absence. Beaucoup d'absence. Sans jamais, toutefois, le sentiment réel d'une menace. La guerre a épargné son enfance.

À mesure que le temps passe, la jument devine le bout de la route. Elle reprend le trot d'elle-même, sans que Louise, impatiente elle aussi d'arriver au but, ne tente de la retenir.

Une bonne chaleur règne dans la maison, déserte à cette heure. Le poêle vient visiblement d'être poli. On a battu les catalognes pour en déloger la poussière. Le plancher a été brossé. Une odeur de lessive se mêle à celle du cèdre. On l'attendait. En face de l'unique fenêtre, le lit embaume la paille fraîche. Le soleil réchauffe la courtepointe soigneusement pliée, et les draps de laine, bien tirés, ont remplacé les draps de lin.

Louise tourne sur elle-même, heureuse. Elle dénoue ses longs cheveux qui accrochent aussitôt le soleil. Elle veut chanter, mais des lèvres se posent sur les siennes. Philippe est là, tout autour d'elle, comme une barricade. Il l'enserre, l'emprisonne, devient une partie d'elle-même. Sa bouche nourrit son corps; sa peau satinée, odorante comme les sapinières, glisse sur la sienne. Ses mains caressent, créent, enflamment, délivrent.

— Je t'attendais plus tôt.

— Je n'ai pas pu.

Il n'insiste pas. Il connaît sa haine des interrogatoires.

— Je t'aime, dit-il plutôt en lui prenant la main.

Elle se blottit contre lui. Quelques rayons de soleil réussissent encore à pénétrer dans la chambre. Assis sur le bord du lit, les deux amants attendent la nuit. Ils n'ont ni faim ni sommeil. Seulement le désir.

Philippe partira demain pour le chantier d'hiver. Il ira couper le bois qui alimentera la scierie la saison prochaine. Une nuit, rien qu'une nuit pour se gaver de caresses. L'urgence les tient serrés l'un contre l'autre, avec le sentiment angoissant d'une menace.

Philippe veut parler. Elle met un doigt sur sa bouche pour lui intimer de garder le silence.

Il repousse sa main, doucement.

— Il faut que nous parlions. J'en ai assez de ne te voir que quelques rares fois par année, au printemps quand tu viens inspecter le moulin, à l'automne quand tu viens payer les ouvriers, ou quand il y a un problème. Depuis quatre ans, jamais je n'ai eu droit à une visite gratuite. Rien que pour moi. Je pense à toi sans arrêt. Peux-tu comprendre ça? Je te vois rire sans moi, danser sans moi, jouir sans moi. Je t'imagine dans les bras d'un autre.

— Je suis comme les oiseaux migrateurs, dit-elle, moqueuse, pour endiguer l'amertume. Il faut me prendre quand je passe.

— C'est vrai... Comme la bernache, sauvage et farouche.

— La bernache est fidèle en amour. Que veux-tu de plus?

— Je veux l'alouette de mer, insouciante, confiante, familière.

— Les alouettes se font tuer par centaines à coups de bâton. Parce qu'elles font trop confiance...

— Mais moi, je t'aime...

Il désire tellement plus que ce qu'elle lui offre. Il a cru, un temps, que cet arrangement lui plaisait. La liberté pour tous les deux. Aucun engagement. Jusqu'à ce qu'il commence à rêver d'elle, puis à l'imaginer partout où il allait, puis à lui parler à voix haute, constamment, pour se donner l'illusion qu'elle partageait sa vie. Tout en sachant très bien qu'il ne pourrait jamais vivre avec elle. Ils n'appartiennent pas au même monde. On l'appelle «la très noble demoiselle» et lui n'est que le contremaître de ses moulins. Il bûche sur ses terres, il chasse son gibier, il nage dans sa rivière. Et pourtant c'est dans son lit à lui qu'elle est heureuse.

— Nous pourrions partir...

Il a chuchoté. Pour lui-même surtout.

Louise ne dit rien. Partir avec lui... Très loin. En France, peut-être. Ou en Louisiane, à New York, à Boston. Ce serait bon de partir avec lui... mais elle ne partira pas. On a trop besoin d'elle ici.

— Je ne peux pas, dit-elle.

— Pourquoi?

— Ma mère, mes sœurs, les moulins...

Il prend son visage dans ses mains, l'oblige à le regarder bien en face.

— Tu sais très bien que tout ça n'a rien à voir! C'est toi qui refuses, qui me refuses! Pourquoi? Pourquoi?

D'un geste brusque, elle se dégage et va vers la fenêtre. Le soleil a disparu. La brunante s'étend sur les bois environnants.

— Je ne peux pas...

— Tu ne veux pas! D'ailleurs, pourquoi la très noble demoiselle accepterait-elle de vivre avec son contremaître?

Elle se retourne et lui fait face avec autant de rage que de tendresse.

— C'est vrai, je ne veux pas. Et la fortune, le rang social n'ont rien à y voir. Je tiens à ma liberté. J'y tiens plus qu'à la vie même. Et je ne laisserai personne, pas même toi, en gruger ne fût-ce qu'une infime parcelle. Je veux décider de ma vie, à chaque instant, à chaque seconde. Que chaque pensée, que chaque geste, que chaque parole m'appartienne entièrement.

— Mais je t'aime!

— Je t'aime aussi.

— Nous pourrions être heureux, avoir des enfants...

— Non! Jamais!

Sa voix résonne dans la chambre. Ses lèvres tremblent, son corps frémit, mais son regard reste ferme, tranchant. Il voudrait la prendre dans ses bras, la bercer pour endormir la peur, mais l'autorité impitoyable qui émane d'elle le repousse violemment. Il préfère s'enfuir.

À l'aube, une dentelle de frimas recouvre le sol. Elle a dormi seule. Philippe est venu pendant la nuit, puis il est reparti sans lui dire au revoir. Il a fait un feu, laissé du pain et du miel sur la table. Le café est encore chaud. Il a pris l'argent de la paye dans son sac. Tout est bien.

Sur le chemin du retour, la beauté riante de la nature l'agresse. Elle aurait préféré la pluie, le vent, l'austérité des arbres dénudés. Pour ne pas être seule à souffrir.

Tous les bruits se sont tus. Brise, souffle, pluie, grattements, hululements, coassements, crépitements, bruissements. La nuit, en perdant ses paroles, devient simple absence de jour, comme la mort, sans ses fantômes, ne serait qu'absence de vie.

Elle se rassure, se calme.

«Les lignes de ma vie se creusent, toutes droites, dans les sillons du temps, porteuses de tous les contentements.»

DEUXIÈME PARTIE

Antoine

*«Les femmes n'ont point d'autre dé-
faut qui les empêche de régner, de
gouverner, de commander et de conduire, que celui qui leur impose la
coutume, les lois et le pouvoir absolu
des hommes. »*

ARISTOPHILE

Le vin de Bordeaux fait honneur aux mets raffinés offerts à la gourmandise des invités, et civets, pâtés et fromages fins valent de nombreux éloges à l'hôtesse.

— Tu me gâtes trop, Louise! Tu n'aurais pas dû te donner toute cette peine. Je suis touchée.

Louise embrasse tendrement sa sœur. Au contraire, cela valait la peine. Elle regarde autour de la table tous les siens réunis pour souligner l'anniversaire d'Élisabeth et elle ne regrette rien de la frénésie épuisante des derniers jours. Elle songe un instant à sa sœur aînée, Charlotte, qui n'a pu venir. Mais elle ne veut pas laisser cette déception l'attrister. La fête est réussie. Même Roch a réussi à se libérer. Le beau commandant arbore fièrement ses galons. Il a maintenant trente-huit ans et sa fille Marguerite, âgée de dix-sept ans, l'observe d'un regard étincelant où se mêlent respect et affection. À côté d'elle, sa mère, Louise de Tonnancour, sourit gentiment en se mêlant tantôt à une conversation tantôt à une autre, sans jamais prendre véritablement part à aucune. Elle se remet mal de la mort du petit Jean-Baptiste, le seul de ses garçons à avoir vécu jusqu'à deux ans. Elle n'avait pu garder les autres que quelques mois, mais celui-là, elle l'avait cru sauvé et elle n'arrive pas à oublier, encore moins à accepter.

Louise croise le regard de Geneviève, sa sœur aînée, assise à l'autre bout de la table. Geneviève lève son verre pour marquer sa satisfaction. Visiblement heureuse, elle pose, flanquée de son fils Charles, un jeune militaire de dix-neuf ans, et de sa fille Louise-Geneviève sur laquelle le romantique Charles-François Tarieu de Lanaudière jette des regards langoureux. Âgé de trente-trois ans, l'officier est le fils de Madeleine de Verchères dont les exploits de jeunesse ont jadis alimenté toutes les conversations. Mariés depuis trois ans, et toujours de plus en plus amoureux, les jeunes gens ont déjà charmé toute la bonne société de Québec.

— Vous ne devinerez jamais ce que Louis m'a offert pour mon anniversaire! lance Élisabeth, pétillante.

Chacun essaie de trouver. Les suppositions vont des bijoux aux fourrures en passant par les meubles et les dentelles.

Pendant que chacun s'efforce de deviner, la belle Élisabeth, mariée depuis maintenant six ans, tient la main de son mari, le chevalier Louis de La Corne, prétendant de toujours et aux avances duquel elle a enfin succombé après de longues années de tendre résistance.

— Dis-le-nous avant que nous ayons complètement dévalisé toutes les boutiques de la Nouvelle-France, supplie Geneviève.

— Un tableau! Louis a engagé un peintre pour qu'il fasse mon portrait!

— Quelle merveilleuse idée!

— Et s'il fait du bon travail, je vous l'enverrai!

Certains protestent en riant, d'autres s'extasient devant l'éventualité d'être portraiturés. Louise observe Angélique. Sa sœur ne se mêle pas aux rires. L'atmosphère de fête ne l'atteint pas. Sa chemise de toile fine, garnie de dentelle blanche au cou et aux poignets, accentue sa pâleur. Les trois dernières années ne lui ont rien épargné. L'épidémie de typhus qui a frappé Montréal et qu'aucune potion n'est arrivée à endiguer l'a tenue constamment en alerte. Elle s'est dévouée jusqu'à l'épuisement pour les mourants, les réconfortant, les assistant jusqu'à la toute fin, et, à maintes reprises, Louise a craint pour sa santé. Angélique n'est plus jeune. À quarante-cinq ans, elle n'a plus la même résistance, ni physique ni morale. Et les misères dont elle est témoin quotidiennement amenuisent ses forces.

— Pensez-vous repartir bientôt, Roch?

La question de Louis de La Corne à son beau-frère a provoqué un silence passionné. Des rumeurs inquiétantes circulent et chacun voudrait bien savoir où s'arrête la fabulation et où commence la vérité. Depuis deux ans, les hostilités ont repris entre la France et l'Angleterre, et la prise de Louisbourg par les Anglais en juin 1745 a laissé un goût amer chez les Français de Nouvelle-France, qui, depuis, se sentent constamment menacés.

Roch de Ramezay pèse bien ses mots. Il n'est pas homme à se laisser dominer par les sentiments.

— Il est évident que nous ne laisserons pas Louisbourg aux Anglais sans rien tenter pour la reprendre.

— La prise de Louisbourg met la colonie en danger, déclare fougueusement son neveu, le jeune Charles de Boishébert.

— Des rumeurs circulent voulant que les miliciens de la Nouvelle-Angleterre projettent d'attaquer le fort Saint-Frédéric, renchérit Louis de La Corne.

Roch de Ramezay se fait rassurant:

— Deux corps expéditionnaires ont déjà été envoyés pour renforcer la garnison du fort. Je ne vois pas de danger de ce côté-là.

— Avec l'ouverture de la navigation dans un mois ou deux, nous ne sommes pas à l'abri d'une invasion anglaise, remarque Louise.

— Les capitaines des côtes ont reçu l'ordre de redoubler de vigilance.

— Pensez-vous tenter une attaque contre Louisbourg, commandant?

Le militaire hésite. Il sait combien secret et méfiance comptent dans de telles expéditions. Il regarde un moment les visages anxieux tournés vers lui. Sa réponse ne surprend personne.

— Le gouverneur Beauharnois et l'intendant Hocquart ont décidé de lever un détachement de Canadiens et de Sauvages en vue de participer à la campagne d'Acadie. J'aurai le grand honneur de commander ces troupes. Nous partirons dès le printemps.

Charles de Boishébert et son beau-frère Tarieu de Lanaudière exultent. Militaires aguerris, malgré leur jeune âge, ils ont déjà participé à plusieurs expéditions sous les ordres de Roch de Ramezay. Celle-ci promet d'être des plus excitantes.

Louise-Geneviève retient difficilement ses larmes. Elle se rapproche de son jeune époux jusqu'à toucher son épaule. Les autres ont déposé leurs couverts. On n'entend plus que les pas discrets de Claudine qui tourne autour de la table pour desservir. La déclaration du commandant, bien qu'attendue, a cruellement ramené tout le monde à une réalité volontairement escamotée l'espace d'une fête.

— Allons continuer cette conversation au salon, propose Louise. Une bonne tisane nous remettra de ces émotions. Il ne faut surtout pas gâcher la fête d'Élisabeth. On aura bien le temps, demain, de s'occuper de la guerre.

La conversation reprend sur des sujets moins pénibles, puis, imperceptiblement, de petits groupes se forment, les plus jeunes se rassemblant autour du commandant pour en savoir plus. Ils ne connaissent pas encore la peur. La guerre, pour eux, demeure un jeu que l'on gagne.

Claudine apporte la tisane. Pour la première fois, Louise remarque les épaules voûtées, les cheveux gris, le pas traînant de la domestique. Et cette silhouette vieillissante ramène le souvenir de sa mère, morte il y a quatre ans. Comme elle se réjouirait de cette soirée! Et de penser à sa mère la ramène à Charlotte, l'autre Charlotte, seule à Québec en ce soir de réjouissances. Depuis la mort de Mme de Ramezay, Charlotte n'a presque plus vu les membres de la famille. Louise est allée la visiter quelques fois, mais elle ne la reconnaît plus.

Quelque chose lui manque, quelque chose d'indéfinissable. Il y avait deux Charlotte, et en mourant la plus vieille a ravi à l'autre une part de son identité.

— Je peux vous parler un moment, Louise?

Imposant dans son justaucorps bleu marine d'où s'échappent un jabot soigneusement empesé et des manchettes de mousseline, Louis de La Corne l'entraîne à l'écart. En s'assoyant, Louise remarque les boucles d'or qui couvrent ses souliers de cuir noir. Le seigneur de Terrebonne, descendant d'une grande famille, semble ne pas trop souffrir des dépenses faites pour sa toute récente acquisition. Il y a un an à peine, en effet, il se portait acquéreur de la seigneurie de Terrebonne, où le précédent propriétaire, l'abbé Louis Lepage, avait fait ériger à grands frais un village avec église, presbytère, quatre moulins à farine et un moulin à deux scies. Une centaine de censitaires y vivent et y travaillent sur la rive abondamment boisée de la rivière des Mille-Îles.

— Je ne voudrais pas vous ennuyer avec les affaires en cette belle soirée, mais j'aurais un conseil à vous demander.

— Je vous en prie.

— Voilà. Je dois engager un contremaître pour mon moulin à scie de Terrebonne. Quelqu'un est venu me voir pour m'offrir ses services. Et j'ai pensé vous demander votre avis car il m'a affirmé avoir longtemps travaillé chez vous. Peut-être vous souviendrez-vous de lui. Il se nomme Philippe Texier.

Des odeurs de résine se répandent dans le salon surchauffé. Des odeurs sauvages que Louise n'arrive plus à chasser. Elle sent sur sa peau la rugosité de la laine imprégnée de sueur. Un goût de miel lui monte à la bouche. Le soleil encore auréolé de nuit trace un chemin sinueux sur les draps froissés puis vient toucher ses seins. Elle en ressent la chaleur. Et la mémoire l'emporte sur la raison avec toute la puissance de la rivière en crue.

Le sieur de La Corne, prévenant, met sur le compte de la fatigue et de la chaleur son soudain embarras. Il l'invite à s'asseoir. Claudine a vraiment trop chauffé. L'âtre bavasse et pétarade à tout rompre. Les convives, affaissés après un repas plantureux, se laissent dominer par la vigueur du feu. Les voix murmurent, les gestes s'alanguissent.

— Me recommandez-vous de l'engager?

— Bien sûr…

Louise ne peut maîtriser le tremblement de sa voix.

— C'est un excellent contremaître, poursuit-elle. Quand il nous a quittés, il y a six ans, nous avons eu du mal à le remplacer. Je vous le recommande fortement.

— Merci. Je suis rassuré. D'ailleurs, je dois dire qu'il m'avait fait bonne impression. C'est un homme d'un certain âge, la cinquantaine avancée, mais il me semble costaud. Une force de la nature. Il est marié et père de deux jeunes enfants. Excusez-moi un instant, Élisabeth m'appelle. Je ne peux pas la faire attendre aujourd'hui.

Restée seule, Louise n'entend plus les voix autour d'elle. Elle est ailleurs, sur les rives de la rivière aux

Hurons où les sapins ploient sous la neige. Étouffée par l'hiver, la rivière se fige dans son lit. Les lièvres se terrent et les mésanges, les plumes gonflées, attendent patiemment les beaux jours. Le givre s'accroche aux fenêtres de la petite maison de bois. Quelqu'un a ouvert la porte, mais personne n'entre. Rien que le vent glacial qui vire, se heurte, s'écorche à l'âpreté du temps flétri.

Les invités partent tard dans la nuit. Roch et sa famille, qui doivent repartir pour Québec tôt le lendemain, s'installent à l'étage et, fatigués, s'endorment rapidement. Geneviève et les siens ont accepté l'invitation d'Élisabeth. Louise aurait bien voulu les garder tous autour d'elle, mais, depuis qu'elle a vendu le château de la rue Notre-Dame, l'espace lui manque. Sa maison, beaucoup plus modeste quoique très confortable, ne permet plus les grandes fêtes d'autrefois.

Elle jette un regard sur le salon encore vibrant de la présence des invités. Geneviève a oublié son mouchoir de soie. Une odeur de tabac flotte dans l'air. Le feu chuinte doucement dans l'âtre. Au-dessus de sa tête, un glissement furtif lui fait lever les yeux. Angélique s'est retirée dans sa chambre très tôt, bien avant le départ des invités, mais elle ne dort pas encore, trop préoccupée par le sort du monde, de son monde. Elle va sûrement prier toute la nuit comme elle le fait si souvent.

Louise n'a pas sommeil malgré une grande lassitude. Elle se rend compte à quel point le souvenir de Philippe demeurait présent en elle. Elle n'avait pas encore totalement renoncé... Une tristesse lourde s'abat sur ses épaules, comme deux mains d'homme, larges et puissantes. Elle va sombrer dans la mélancolie, mais une part d'elle-même, comme toujours dans ces moments-là, observe l'autre et résiste. La jeune femme prend une lampe et se dirige résolument vers sa table de travail installée dans une petite pièce adjacente. La table, immense, prend trop de place, mais elle appartenait à son père et Louise s'y sent à l'aise pour travailler. Du tiroir, elle retire une longue feuille de papier épais où il est écrit en toutes lettres que Mgr Dosquet cède à Louise de Ramezay une partie de la seigneurie de Bourgchemin, enclavée dans celle de Ramezay. Louise lève les mains et serre les poings dans un geste de victoire. Depuis des années, elle réclamait ce coin de terre. Une lettre du prélat accompagne l'acte de donation. «Je suis charmé d'avoir cette petite occasion de témoigner mon attachement pour votre famille... » Louise ajoute ainsi cette possession aux seigneuries de Ramezay, de Monnoir et de Sorel, qu'elle partage avec Roch, Angélique, Élisabeth, Charlotte et Geneviève depuis la mort de leur père. La scierie de la rivière aux Hurons, après cinq années au ralenti, commence à rapporter, et celle de la seigneurie de Rouville, qu'elle exploite en association avec Marie-Anne Legras depuis un an, promet de bonnes rentrées pour la saison prochaine. Les chantiers navals de Québec réclament de plus en plus de bois, les contrats signés avec des particuliers s'accumulent à un rythme effarant. Tout bouge, grandit, et de se sentir au cœur de ce mouvement la comble de satisfaction. Elle veut participer à cet essor fabuleux, être de ceux et celles qui tiennent le pays à bout de bras.

Le jour se lève. Le redoux de février promet une autre belle journée. La petite rue Bonsecours s'éveille lentement, à l'abri des achalandages des grandes artères que sont les rues Saint-Paul et Notre-Dame. Louise prend une feuille et trace fébrilement une esquisse : les plans de la scierie qu'elle fera construire sur la rivière Salvail, dans sa nouvelle seigneurie de Bourgchemin.

— Un autre moulin à scie? Tu n'es pas sérieuse?

— Très sérieuse. Je pars dès demain. J'ai engagé des ouvriers de Sorel. Ils devraient arriver sur place aujourd'hui même.

— Mais où trouves-tu toute cette énergie? s'étonne Élisabeth. Te rends-tu compte que la seigneurie de Bourgchemin se trouve au bout du monde?

— Depuis quand Sorel se trouve-t-il au bout du monde? L'emplacement du moulin se trouve à quelques lieues du village.

— Dans le fond des bois! Avec les moustiques et les couleuvres! Et les bêtes sauvages!

Élisabeth grimace. Très élégante dans une robe vert pomme qui flatte son teint de rousse, elle frémit devant les audaces de sa sœur.

— Dommage..., se moque Louise, je pensais te demander de m'accompagner.

Les deux femmes éclatent de rire en imaginant Élisabeth aux prises avec les ronces et les nuées de moustiques.

— Penses-tu rester longtemps?

— Juste le temps de vérifier que tout est en marche. Ensuite, je me rendrai à Québec.

— Louise et Geneviève seront contentes de te voir. Elles s'inquiètent sûrement pour Roch et Charles. C'est une grosse expédition que Roch a sous ses ordres. Imagine! Sept cents hommes à mener! Ils devaient débarquer à Baie-Verte au début de juillet. J'espère que tout a bien été.

— Il est bien difficile de savoir. On ne peut qu'espérer.

— La pauvre Louise-Geneviève doit pleurer toutes les larmes de son corps. Elle est tellement amoureuse de son beau Charles-François!

— Presque autant que ma chère petite sœur de son beau mari...

— Ne te moque pas. C'est vrai que nous nous aimons beaucoup.

— Tout ce temps perdu à te faire prier!

— Je voulais être certaine.

— Et maintenant?

— Quand Louis est près de moi, je sais qu'il m'aime; quand il part, je ne sais plus. C'est difficile d'aimer à distance. C'est comme si j'avais constamment besoin qu'il me rassure sur nous deux.

Louise ne dit rien.

Élisabeth regarde son aînée droit dans les yeux.

— Mais toi, pourquoi ne t'es-tu jamais mariée?

Surprise, Louise tente d'éluder la question en prenant un ton badin.

— Je n'ai pas trouvé d'homme assez bien pour moi.

— Et le sieur d'Ailleboust?

— Il m'admirait trop. J'en serais morte d'orgueil!

— Et Philippe Texier?

Louise pâlit en amorçant un mouvement de recul comme si on voulait la déposséder d'un bien précieux. Elle croyait, pendant toutes ces années, avoir réussi à dissimuler ses sentiments et, surtout, son aventure.

— Tu savais? demande-t-elle, craintive.

Tout le monde savait, bien sûr! Quelle question! Comment a-t-elle pu penser qu'il pût en être autrement? Elle jouait l'indifférente et tout le monde savait! Elle se croyait la plus rusée et on riait dans son dos de sa naïveté. Comment a-t-elle pu concevoir qu'il fût possible de garder un tel secret? Philippe a dû parler. Il s'est sûrement vanté à qui voulait l'entendre de coucher avec la patronne. Quel homme aurait résisté? L'occasion était trop belle! Elle les imagine, les soirs d'hiver, se réchauffant tous aux exploits de leur contremaître... Et il a dû en rajouter! Elle n'aurait jamais dû lui faire confiance.

Élisabeth voit son malaise et la rassure.

— Je ne savais pas vraiment. Je devinais seulement. À la brillance de tes yeux quand tu revenais de Chambly.

À ta façon de sourire, de marcher plus lentement, avec une certaine langueur...

Louise prend Élisabeth dans ses bras. Les deux sœurs s'étreignent un long moment comme au temps de leur enfance, quand les chagrins se vivaient mieux à deux.

Les ouvriers suent à grosses gouttes en sortant les pièces de bois de la rivière. L'écluse se dresse, chaque jour un peu plus haute, au-dessus du courant et déjà l'eau se heurte violemment à l'obstacle. L'endroit est magnifique, là où la rivière Salvail se jette avec furie dans les bras de la Yamaska.

— La chaussée est presque terminée.

— Combien mesure-t-elle?

— Cent pieds de longueur, vingt-cinq de largeur et dix de hauteur.

— Nous avions prévu douze pieds de hauteur.

— Ce sera pas nécessaire. Le niveau de l'eau est moins élevé que je croyais.

— Et vous avez prévu une double armure?

— Oui.

Les questions de Louise embêtent le contremaître. Il juge absolument inutile de discuter avec une femme, fût-elle la propriétaire de l'endroit, de la construction d'un moulin. Mais Louise insiste, apparemment indifférente à l'agacement de son employé.

— Je veux absolument un bâtiment assez large pour être en mesure de scier des pièces de trente-cinq pieds.

— Très bien, mademoiselle.

— Vous serez prêts pour la date prévue? Le bois devrait rentrer dans deux ou trois semaines.

Ce qu'elle ne dit pas, c'est qu'elle a déjà une commande importante des ursulines de Trois-Rivières et une autre d'un particulier de Sorel : vingt mille planches à livrer pour le premier jour de septembre.

Le contremaître la rassure. Ce n'est pas son premier chantier et il sait mener des hommes. Elle peut s'en remettre à lui sans aucune crainte. Tout sera prêt à temps. Le message est on ne peut plus clair: on n'a plus besoin d'elle ici.

Louise ne s'offusque pas de l'attitude du contremaître. Habituée depuis longtemps à côtoyer des hommes, elle leur accorde volontiers le droit à l'arrogance, de plus en plus convaincue qu'ils dévoilent ainsi toutes leurs faiblesses et leurs peurs. La lâcheté se mesure à la suffisance, pense-t-elle en haussant les épaules. Restée seule, elle remonte la rivière Salvail sur une courte distance pour s'éloigner un moment des cris et du brouhaha du chantier. Elle emprunte ensuite un sentier qui s'écarte de la rivière et s'enfonce dans les bois en serpentant entre des arbres immenses. Louise sent la forêt palpiter autour d'elle. Des oiseaux, perchés au faîte des arbres, défendent à grands cris leur territoire. Parfois, un craquement révèle la présence d'un écureuil ou d'un porc-épic. Des branches bloquent le passage; elle les repousse avec respect, presque tendrement.

De partout, de la terre comme du ciel, lui parviennent des odeurs lourdes de vie. Elle voudrait ne plus s'arrêter, se perdre au creux de cette chaleur, continuer malgré les piqûres des moustiques, malgré ses souliers maculés de boue. Avancer toujours, comme si la profondeur des bois recelait un trésor inestimable, un secret susceptible d'assouvir les plus extravagants désirs. Ce qu'elle n'a pas trouvé chez les hommes pourrait bien se cacher là, dans le silence bruyant des futaies, dans la lumière qui perce à travers les feuillages, dans la solitude habitée des grands boisés. Envoûtée, elle s'appuie à un chêne. L'écorce rugueuse imprime des arabesques sur son dos, retient ses cheveux. Elle ferme les yeux, respire lentement au rythme de la sève qui coule dans ses veines, puis, sans se détacher de l'arbre, elle tourne sur elle-même et l'enlace en collant sa joue au tronc. Que ses bras s'élancent vers le ciel, que sa peau se creuse de sillons, que tout son corps s'enracine à la seule vérité, celle de la renaissance éternelle! Pendant quelques instants fugitifs mais exaltants, elle a l'impression d'étreindre tous les dieux de l'univers.

Charlotte a pris de l'âge. On ne voit plus la religieuse arpenter les corridors de l'hôpital à grands pas pressés, dans un bruissement de jupons et de voiles, comme un oiseau nerveux toujours prêt à s'envoler. Disparue également la rage contenue qui passait parfois dans ses yeux. Les gestes sont devenus plus lents, plus raisonnables; la parole, plus réfléchie. La nouvelle sérénité de sa sœur aînée rappelle à Louise combien le temps a passé. Prise par ses affaires, elle ne s'était pas rendu compte à quel point elle-même a vieilli. Elle a quarante et un ans, Charlotte en a quarante-neuf. Un écart en soi insignifiant, et pourtant un monde les sépare, comme si elles ne vivaient pas sur la même planète. Le regard sévère sous son bandeau blanc, le visage prisonnier de la guimpe soigneusement empesée, la sœur Saint-Claude-de-la-Croix replace son grand voile noir puis pose ses mains sur la robe de serge blanche. Une petite brise pénètre par la fenêtre entrouverte du parloir et soulève doucement le rideau de dentelle.

Les deux sœurs se regardent, étrangères l'une à l'autre. Trop de chemins, trop de silence, trop de prières les séparent, elles pourtant si semblables. La même volonté mise au service de deux univers, la même indépendance assumée différemment, la même autorité. Elles parlent de la mission de Roch et de l'inquiétude de sa femme, du désespoir de Geneviève depuis le départ de son fils, des rumeurs persistantes qui veulent que des vaisseaux de guerre s'apprêtent à attaquer Québec. Car la Nouvelle-France est sur un pied d'alerte. Les Canadiens et les Abénaquis envoyés dans la région de Boston sont revenus avec des prisonniers, des scalps et des histoires terrifiantes. On attend l'ennemi d'un jour à l'autre. De Lévis à Rimouski, on a établi des feux de signaux et chacun scrute le fleuve pour être le premier à apercevoir l'assaillant.

Elles discutent des fortifications, déplorent la cruauté exercée par certains Indiens contre les prisonniers ramenés des raids effectués dans la région de Boston. Pendant une heure, elles parlent des autres sans raconter leurs propres combats. Elles s'accrochent à ce qui les unit en rejetant d'instinct ce qui pourrait les séparer, parce qu'elles s'aiment trop pour étaler leurs différences. Elles ont beaucoup parlé, avec fébrilité. Pour être certaines de ne rien dire.

En partant, Louise aperçoit, dans les salles bondées de l'hôpital, de pauvres déments qui marmonnent des discours confus. Une jeune religieuse tente de calmer une femme hystérique qui se mutile sauvagement. Dans son visage ensanglanté roulent des yeux terrifiés. Louise presse le pas.

À l'extérieur, le temps est superbe. Sur la route qui mène au cœur de la ville, la voyageuse sème allègrement des bribes de sa honte. Elle se sent à la fois coupable et privilégiée, comme chaque fois qu'elle rend visite à Charlotte. Coupable de ne pas pouvoir comprendre l'univers où sa sœur évolue. Coupable également de ne pas lui avoir expliqué le sien. Comme si chacune reniait une part de l'autre qu'elle réprouve. Elle a fui encore une fois alors qu'elle aurait dû questionner, s'intéresser, compatir au besoin. Mais ce qui la navre surtout, et la comble en même temps, c'est cette certitude égoïste d'avoir choisi la bonne part. Elle ne comprend pas quelle bonne étoile lui a épargné le spectacle quotidien de toutes ces misères et cet asservissement à Dieu ou aux hommes qui sont le lot de tant de femmes. Mais elle doit bien avouer que la sérénité et la dignité de Charlotte ébranlent ses certitudes, même si elle ne peut pas se payer le luxe de douter car le travail ne lui laisse aucun répit. Elle doit, dès demain, rencontrer Jacques Simard, un constructeur avec lequel elle espère signer un gros contrat. Dans trois jours, elle a rendez-vous avec Marie-Anne Legras dans la seigneurie de Rouville. Son associée veut discuter des nouveaux chiffres concernant leur exploitation et de la possibilité d'un agrandissement.

Louise ne regrette pas cette association. La jeune femme lui a plu immédiatement. Elle l'a admirée lors du procès qui les a opposées et elle ne s'est pas trompée. La seigneuresse de Rouville mène ses affaires avec intelligence et honnêteté.

Elle fera ensuite un saut dans la seigneurie de Chambly pour vérifier le fonctionnement du moulin de la rivière aux Hurons. Toute l'action à venir la décharge de sa culpabilité. Son travail lui manque soudain, ses dossiers, son livre de raison qu'elle tient consciencieusement, le bruit strident des scies qui découpent le bois, le vent qui charrie la fraîcheur des rivières, la sueur des hommes. À mesure qu'elle s'éloigne de l'hôpital, son assurance, un moment ébranlée, lui revient. Elle oublie la désapprobation à peine voilée de sa sœur, le mépris de certaines autres personnes. Ses activités rapportent; elles n'en sont que plus suspectes, même pour les membres de sa famille. Roch, le premier, a très peu d'estime pour les négociants, ces êtres étranges et sans fierté qu'il considère comme de simples fournisseurs, avec tout ce que cette tâche comporte de vils marchandages et de basses manœuvres. Charlotte et Angélique, témoins quotidiennement de la grande détresse humaine, craignent pour le salut de l'âme de leur sœur. Ses activités l'éloignent du service de Dieu, l'obligent à côtoyer des hommes sans éducation, en des lieux isolés où l'étiquette n'a plus force de loi. Si Louise voulait bien se contenter d'affermer ses scieries et de toucher sa part de revenus, comme le font tant de seigneurs, elle éviterait ces situations scabreuses qui menacent sa vertu. Geneviève, par contre, comprend les intérêts de Louise, son désir d'agir. Elle aurait pu elle-même, croit-elle, avoir de telles aspirations si Dieu ne lui avait confié une tâche plus sublime, celle d'élever des enfants. C'est là, elle en est convaincue, que la femme se réalise véritablement, et, malgré les tourments et les grandes douleurs, elle plaint sa sœur de ne pas avoir connu les joies intenses de la maternité.

Louise comprend tous leurs scrupules mais refuse de s'y soumettre. Surtout que personne ne la critique jamais ouvertement. Ils auraient d'ailleurs bien mauvaise grâce de le faire. Et au nom de quels principes le feraient-ils? Ils savent bien qu'elle n'a jamais écouté personne. Depuis quelques mois, les contrats s'accumulent sur sa table de travail. Bien sûr, elle évolue allègrement dans les miasmes du commerce. Bien sûr, elle crie plus fort que les hommes, relève sa jupe et patauge dans la boue, discute ferme sans s'en laisser imposer, en ignorant les regards gouailleurs. Mais elle a redonné de la valeur au nom des Ramezay et elle a exploité à bon escient toutes les possessions de la famille. La rente de six cents livres qu'elle verse annuellement à son frère et à ses sœurs en fait foi. Et personne ne s'en plaint.

La voiture n'avance pas assez rapidement à son gré. Elle houspille le conducteur, qui hausse les épaules. Les rues de Québec fourmillent de monde; il ne faudrait pas blesser un passant. Après mille détours, il ramène enfin sa cliente rue Sainte-Anne, chez sa belle-sœur. Un message pressant l'y attendait.

— Mais qu'est-ce que tu me chantes là? Le bois que j'ai acheté devrait être arrivé depuis une semaine! Et qu'est-ce que Clément de Sabrevois vient faire dans cette histoire?

L'ouvrier, embarrassé, craint des réprimandes. Après le départ soudain du contremaître, attiré ailleurs par de meilleurs gages, c'est lui, Nicolas Gaulin, que les hommes ont désigné pour parler à la très noble demoiselle en leur nom. Impressionné, il soigne son langage pour expliquer que le bois qui devait arriver par le Richelieu au moulin de la rivière aux Hurons en provenance de la seigneurie de Lacolle a été intercepté au bassin de Chambly par Clément de Sabrevois. Ce dernier a prétendu que ce bois lui appartenait, qu'il l'avait payé à l'avance. Il aurait même, selon des témoins, accusé Mlle de Ramezay de vouloir le voler une deuxième fois.

Louise fulmine. Les hommes et les femmes se sont rassemblés autour d'elle. Une cinquantaine de colons venus progressivement s'installer ici, année après année, autour de la scierie, parce qu'elle leur a promis un salaire décent et la possibilité de posséder un bout de terre. La scierie de la rivière aux Hurons doit donc fonctionner à plein rendement pour garder ces gens ici, pour payer la rente de cent douze livres au seigneur de Chambly, pour respecter les contrats avec les chantiers navals.

— As-tu vu M. de Sabrevois lui-même?

— Non, mademoiselle. Seulement son contremaître. M. de Sabrevois déménage sa petite famille à Montréal, dans une maison de la rue Saint-Gabriel, à ce qu'on m'a dit. Il habitera plus Chambly. On a pas voulu m'en dire plus, étant donné que je suis pas contremaître moi-même. J'ai vu les hommes partir avec notre bois, mais j'ai rien pu faire.

— Il veut être plus près de ses intérêts, marmonne Louise.

— Pardon?

— Rien...

Louise réfléchit. Le plus urgent, c'est de rassurer ces gens, puis de trouver du bois pour remettre la scierie en marche. Clément de Sabrevois, elle s'en occupera plus tard.

Sur son ordre, les colons regagnent leurs maisons. Seul Nicolas Gaulin reste près d'elle. Respectant son mutisme, il hésite à proposer une solution et attend qu'elle l'interroge.

— As-tu une idée de l'endroit où je pourrais acheter du bois, maintenant?

— Oui, mademoiselle.

Louise, surprise, lui fait signe de continuer.

— Il faut aller voir Jean Chartier, dans la seigneurie de La Livaudière.

— La seigneurie que l'on a retirée à Jacques Hugues Péan en 1741 pour la rattacher au domaine du roi?

— Oui, mais M. Péan avait concédé une terre à Jean Chartier avec le droit de prendre du bois de sciage sur toute l'étendue de la seigneurie où les terres étaient pas concédées.

— Tu peux me conduire?

— Oui, mademoiselle.

— Nous partons.

— Tout de suite?

— Tout de suite!

— Il y a pas de route, rien qu'une piste de bûcherons. Il faudrait trouver des embarcations.

— Selle-moi un bon cheval. Je dois y être avant le coucher du soleil.

Jean Chartier est un homme robuste, pas très grand, tout en torse et en bras. Intimidé par la seigneuresse et par l'énergie prodigieuse avec laquelle elle a mené l'affaire, il se tait et la laisse observer les préparatifs du départ, fièrement campé à ses côtés. Les hommes lient en cages des pièces de bois larges et bien droites. Louise jubile. Elle a trouvé tout ce qu'il lui fallait et bien davantage! Cette terre recèle des trésors. Arrosée par un ruisseau qui serpente en toute quiétude dans un lit de pierres et qui se jette ensuite dans la rivière Chazy, elle-même tributaire du lac Champlain, la concession de Chartier constitue une voie idéale pour un marché d'exportation.

Fébrile, Louise assiste à tous les préparatifs, puis, acceptant l'offre de Chartier, elle se retrouve attablée avec lui devant un repas plus que frugal pendant que Nicolas mange avec les cageux avant le grand départ.

— Je voudrais m'associer avec vous, monsieur Chartier, lance-t-elle subitement. Nous pourrions construire un moulin à scie sur votre ruisseau, tout près de la rivière Chazy.

La proposition surprend Jean Chartier. Il ne s'y attendait pas. Il rêvait, bien sûr, depuis quelques années, de construire son propre moulin afin d'exploiter sa terre à pleine capacité, mais il n'aurait jamais pensé s'associer à la seigneuresse de Ramezay, celle-là même dont on dit à la fois tant de mal et tant de bien. Les rumeurs circulent jusqu'aux rives du lac Champlain. Cette belle femme restée célibataire et qui est aussi à l'aise en pleine forêt que sur une piste de danse, toujours maîtresse d'elle-même, aussi franche et directe avec ses employés qu'avec les plus grands seigneurs, cette femme suscite à la fois l'admiration et le persiflage. Non, il n'aurait jamais pensé... Le nez dans son assiette, il réfléchit en triturant un quignon de pain. Il devine les grands yeux vifs de la seigneuresse fixés sur lui. Des yeux d'automne quand le brun des arbres prend toute la place. Il n'a pas besoin de la regarder pour voir son visage, taillé à la serpe, avenant, expressif. Et secret en même temps. Il relève la tête et supporte son regard quelques secondes. Il ne la croyait pas si grande... Il hésite. On ne s'engage pas à la légère dans une association avec la très noble demoiselle. Il préférerait qu'elle soit un homme. Il y aurait moins à craindre.

Consciente de son trouble, Louise ne le laisse pas hésiter plus longtemps. Elle expose ses arguments avec assurance. Il a la plus belle concession de toute la région; les cours d'eau qui l'alimentent constituent une voie d'accès incomparable. Il semble fort comme un bœuf; on le dit vaillant à l'ouvrage. Elle a de l'argent, des relations, et elle connaît les scieries. Ils formeront une paire d'associés parfaite. Difficile de résister à son enthousiasme. Quand la seigneuresse repart, une heure plus tard, elle emporte l'assentiment de Jean Chartier. Ils se reverront au mois d'août pour signer un contrat de cinq ans.

Sur un signe de sa patronne, Nicolas ordonne le départ. Les cageux mèneront le bois jusqu'à la scierie de la rivière aux Hurons, avec la promesse d'une prime s'ils arrivent en moins de deux jours. Sur la rive, Louise les accompagne, à cheval. Elle fait avancer sa monture au rythme des cages poussées hardiment à la force des

LA TRÈS NOBLE DEMOISELLE

bras. Elle entend parfois la voix de Nicolas qui lance des ordres, encourage les hommes. À cause des caprices du sentier, elle perd souvent de vue le convoi pour le retrouver un peu plus loin. Des cageux entonnent un chant de voyageurs, d'autres leur répondent, et la mélodie court d'une cage à l'autre, traîne un moment dans les remous de la rivière et se perd dans les profondeurs de l'onde. Louise ne sent pas la fatigue accumulée des derniers jours, ni les soubresauts de sa monture, ni les mouches si collantes, mais l'excitation lui donne faim. À l'heure du dîner, elle s'assoit au bord de la rivière et mord à belles dents dans une galette trop dure. En riant, elle salue les hommes qui défilent devant elle avant de disparaître dans les méandres du Richelieu. Elle les retrouvera plus tard.

— Vous n'avez pas eu de problèmes à Chambly?

— Non, mademoiselle. Les hommes ont dû défaire et refaire les cages pour passer les rapides. C'est ça qui a pris du temps.

— Maintenant que nous avons du bois, je veux que le moulin se remette à fonctionner dès demain.

— Avez-vous engagé un nouveau contremaître? s'inquiète Nicolas.

— Oui. Il ne lui reste qu'à signer le contrat.

— Quelqu'un de la place? Excusez-moi de demander, mademoiselle, mais les hommes vont vouloir savoir.

L'employé sait combien la personnalité du contremaître influence la productivité des hommes. Ceux-ci doivent avoir confiance en leur chef et le respecter. C'est pour lui qu'ils travaillent; c'est lui qui les motive, les encourage, les récompense, les réconforte même.

Louise sourit en tendant la main au jeune homme. Elle remarque pour la première fois ses yeux bleus, son large front, ses lèvres minces. À peine vingt-cinq ans.

— Si tu acceptes, je te nomme contremaître du moulin.

L'homme rougit. Il ne tend pas la main. Ses yeux se voilent; son visage se ferme. Louise lui trouve l'air d'un enfant pris en faute et bien décidé à ne jamais avouer.

— Qu'est-ce qu'il y a? Le poste ne t'intéresse pas?

— Je pourrai pas.

Il a murmuré sans desserrer les lèvres, sans relever la tête.

— Je ne comprends pas. Les hommes te font confiance et moi aussi. Tu travailles ici depuis plusieurs années; tu connais bien le moulin.

— Mais je sais pas lire ni écrire!

Il a crié. Il lui en veut de l'avoir obligé à révéler son ignorance. Seul le respect dû à la patronne l'empêche de fuir.

Louise reste silencieuse un moment. Consciente de l'avoir humilié sans le vouloir, elle regrette de ne pas avoir deviné.

— Ça ne fait rien, dit-elle enfin. Je t'autorise à prendre chaque jour une heure pour apprendre à lire et à écrire, et la personne qui te l'enseignera sera payée elle aussi. Et j'ajoute cette clause au contrat. Ça te va?

Il n'a pas besoin de répondre. Le bonheur qui l'envahit agrandit ses yeux, gonfle son thorax. Il ne se savait pas si grand, si fort, si beau. Louise a trouvé un bon contremaître.

À l'aube, le grincement de la grande roue à godets réveille Mlle de Ramezay. Quelques instants plus tard, un sifflement discordant sourd du moulin; les scies sont en marche. Des hommes passent dans le sentier en riant. Louise peut rentrer à Montréal.

Petit matin de juillet. La fenêtre grande ouverte laisse entrer les voix de la ville. Un murmure incessant, entremêlé de claquements de sabots et de jappements joyeux. L'air frais coule jusqu'au grand lit où Louise s'étire avec paresse. De retour depuis deux jours, elle reprend le sommeil perdu, se délecte d'oisiveté, d'indolence. Elle a fermé la porte, n'a signalé son retour à personne. Claudine lui sert son déjeuner au lit. Tard. Et la journée se passe à redécouvrir le jardin aux couleurs nouvelles, à renouer lentement avec le confort, si bon après le dénuement des derniers jours.

Discrète, Angélique quitte la maison. Son pas décroît sur les trottoirs de bois. Louise l'a à peine vue depuis son retour. Elle n'a pas pu lui demander où en sont les sœurs de la Charité dans leurs démêlés avec les autorités. Depuis l'incendie qui les a jetées à la rue il y a un an, les pauvres femmes ont de plus en plus de mal à se loger décemment. Comme leurs protégés constituent la lie de la société, on ne leur ouvre pas facilement les portes. On les tolère un peu, le temps de soulager sa conscience, puis on trouve de bonnes raisons de les évincer. Pour ne plus dépendre de personne, elles essaient depuis plusieurs mois de persuader les administrateurs de l'Hôpital général de Montréal de leur confier la gestion de l'établissement. Celui-ci se trouve présentement dans un état lamentable, grevé d'une dette de près de quarante mille livres et laissé plus ou moins à l'abandon. Marguerite d'Youville multiplie les rencontres avec le gouverneur Beauharnois, Mgr de Pontbriand et l'intendant Hocquart. Son inlassable dévouement, sa force de caractère et son esprit pratique jouent en sa faveur, mais, bien qu'elle puisse compter sur l'appui des sulpiciens, elle doit faire face à l'opposition de certaines personnes influentes.

Un pinson égrène ses trilles quelque part entre ciel et terre. Louise s'étire en geignant de plaisir. Elle a eu son content de problèmes elle aussi. Aujourd'hui, le monde n'existe pas. Plus rien entre elle et le soleil!

On gratte à la porte. Contrariée, Louise passe machinalement la main dans ses cheveux avant de donner à Claudine la permission d'entrer. La vieille servante s'excuse, mais un monsieur est là qui veut voir mademoiselle. Et qui insiste. Et qui dit avoir rendez-vous. Antoine Dufresne.

— Ce nom ne me dit rien, et d'ailleurs je ne reçois personne aujourd'hui.

Mais le monsieur insiste. Claudine a beau rapporter fidèlement la réponse de sa maîtresse, il ne veut pas partir. Il va attendre, qu'il dit. Que mademoiselle prenne tout son temps, il n'est pas pressé. Il peut rester là toute la journée s'il le faut.

Ulcérée, Louise enfile une robe de chambre, brosse rapidement ses longs cheveux bouclés et se rend ainsi au salon sous le regard scandalisé de Claudine.

Elle s'attendait à faire face à un homme d'un certain âge, poudré et portant perruque, affublé d'un chapeau de feutre noir et de bas de soie. Un homme comme tous les autres hommes, qu'elle aurait éconduit comme il se doit, avec vigueur et dignité. Un désagrément de quelques minutes avant de pouvoir s'abandonner de nouveau à sa paresse.

Mais Antoine Dufresne n'a pas entamé la vingtaine depuis longtemps et son allure l'emporte de beaucoup sur celle de Louise quant à l'audace et au laisser-aller. Pieds nus dans des mocassins, il a retroussé jusqu'à mi-jambes son pantalon de drap bleu. Ses cheveux noirs et raides ondulent librement sur ses épaules, et sa chemise blanche, très ample, largement échancrée sur un torse bronzé, est serrée à la taille par une lanière de cuir. Confortablement calé dans un fauteuil, il se soulève à peine à l'arrivée de Louise qui, soudain mal à l'aise, serre sa robe de chambre contre elle. Il la regarde franchement en souriant. Elle aurait dû attacher ses cheveux. Quelle idée de se présenter ainsi devant un étranger! Que va-t-il penser? Le jeune homme ne dit rien. Il sourit. Comment peut-il avoir les yeux si doux et si noirs? À la fois insolent et amène. À la fois fruste et gracieux.

Au bout d'un moment, Louise se ressaisit. L'air gouailleur du jeune homme ravive sa colère.

— Monsieur, dit-elle d'un ton sec, que puis-je faire pour vous?

Il sourit toujours. Des lèvres, des yeux, du front. Il sourit sans sourire. Du dedans.

— Vous m'avez fait l'honneur de m'accorder une audience, mademoiselle.

— Vous devez faire erreur, monsieur, je ne reçois personne aujourd'hui.

Il se lève. Il est encore plus grand qu'elle ne le croyait, plus gracile également.

— Je ne comprends pas, mademoiselle. On m'a bien dit de me présenter ici à neuf heures trente aujourd'hui pour commencer votre portrait.

— Mon portrait? Mais qu'est-ce que c'est que cette histoire? Et qui vous a dit de venir?

— Madame Louis de La Corne. Elle a précisé que vous étiez au courant, que tout était arrangé.

— Élisabeth! Je comprends maintenant!

Elle reconnaît bien là les méthodes de sa sœur. Convaincue qu'elle refuserait de poser, Élisabeth a voulu la coincer. Elle a tout manigancé en croyant que jamais elle n'oserait renvoyer le peintre. Prise d'un fou rire incontrôlable, Louise réussit à balbutier quelques excuses.

— Je regrette, il y a eu un malentendu. Je ne veux pas qu'on fasse mon portrait. Je suis désolée... que vous vous soyez déplacé pour rien. Mon portrait!... Excusez-moi...

Incapable de retenir plus longtemps son envie de rire, elle le pousse vers la porte sans lui laisser la chance de protester.

Le même jour, en soirée, Louise est reçue chez le gouverneur de Montréal.

— Avez-vous des nouvelles de votre frère, mademoiselle de Ramezay?

— Aucune. Je suis inquiète, et les rumeurs qui nous arrivent ne me rassurent guère.

— Il ne faut pas se fier aux racontars. Les gens inventent les pires horreurs pour se rendre intéressants.

Roch est parti le 5 juin. Selon des nouvelles éparses, il semble s'être rendu sans encombre jusqu'en Acadie. Le 3 août, François-Pierre de Rigaud de Vaudreuil est parti lui aussi à la tête d'un détachement de quatre cents Canadiens et de trois cents Indiens avec la mission de se rendre maître du fort Massachusetts, sur la rivière Connecticut.

— Vous n'allez pas passer la soirée à parler de guerre et à vous ronger les sangs!

Mme Péan et son mari accompagnent le gouverneur de la Nouvelle-France venu passer quelques jours à Montréal. Mariée depuis moins d'un an, Mme Péan voltige d'une fête à l'autre. Dans sa maison de Québec, on danse et festoie jusque tard dans la nuit, et il semble bien que la maîtresse de maison n'hésite pas à accorder ses faveurs à quiconque le mérite! C'est du moins ce qu'on dit, à mots couverts, sans avoir l'air d'y porter attention. Encore des rumeurs...

La dame compte bien ne pas laisser ces paysans de Montréal lui gâcher sa soirée, malgré que la maison de M. de Beaucours, gouverneur de la ville, n'offre pas la chaleur et le confort des maisons québécoises. Et ces pauvres Montréalaises attifées comme des femmes d'habitants! Sans oublier le vin absolument infect... Un voyage qui tourne au cauchemar! Comme elle regrette d'avoir suivi son mari, pauvre homme sans volonté, toujours soucieux de plaire aux autorités, incapable de dire non! Celui-ci converse d'ailleurs tranquillement avec Louise de Ramezay pendant que sa femme enrage, entourée d'hommes vieux ou boutonneux et de femmes plus dévotes que bonnes danseuses. Elle jette un regard méprisant à cette vieille fille de Ramezay qui ne doit même pas pouvoir suivre un quadrille convenablement et qui se mêle d'entretenir les hommes de sujets scabreux: la guerre, le commerce, les chantiers! N'importe quoi pour se rendre intéressante! Ulcérée, Mme Péan quitte brusquement son cercle d'admirateurs, tire son mari par la manche et l'entraîne malgré lui sur la piste de danse où évoluent déjà quelques couples mal assortis. Le vieux gouverneur de Montréal danse avec la jeune Madeleine Hertel. Des dames d'âge très mûr boitillent aux côtés de soldats trop jeunes pour faire campagne. Seuls quelques rares négociants réussissent à marquer la cadence sous l'œil envieux des nombreuses jeunes filles sans cavalier.

Pendant ce temps, des hommes se battent quelque part sur des terres étrangères. Ils meurent peut-être. Et rares sont les familles canadiennes qui n'ont pas un membre engagé sur les sentiers de la mort.

Louise rejoint Élisabeth qui revient s'asseoir après avoir dansé avec son mari. Elle lui désigne du menton la jeune Hertel toujours suspendue au bras du vieux gouverneur Beaucours visiblement à bout de souffle.

— Elle va faire mourir notre gouverneur, murmure-t-elle, moqueuse.

Élisabeth cache son sourire derrière son mouchoir.

— J'ai reçu une lettre de Geneviève. La femme de Roch ne va pas bien. Elle se meurt d'inquiétude.

— Il faudrait qu'elle vienne passer quelque temps à Montréal. Je vais lui écrire.

— Tâche de la convaincre. Sa fille se désespère de la voir aussi atterrée.

— Elle ne s'est jamais remise de la mort de son petit Jean-Baptiste. Et l'absence de Roch n'arrange rien. Il faut lui laisser du temps. Son naturel joyeux finira bien par reprendre le dessus.

— Depuis que j'ai ma petite Marie-Charlotte, je comprends ce qu'elle doit ressentir.

— Tu te rappelles la boîte de maman, avec les rubans?

— Oui...

Les deux femmes se taisent, soudain envahies par des images anciennes.

— Je vais rentrer, dit Louise après quelques secondes. Je préfère ne pas laisser Angélique seule à la maison ces temps-ci. Elle ne va pas bien.

Montréal dort derrière les volets clos. Rue Notre-Dame, Louise passe rapidement devant la grande maison de son enfance. Elle déteste ce qu'on a fait du château depuis que la Compagnie des Indes s'en est portée acquéreur. Un passage couvert le relie à l'entrepôt voisin. À l'intérieur, des comptoirs de magasin ont été installés dans les salons autrefois réservés aux grandes réceptions, et les boiseries de chêne disparaissent derrière les marchandises de toutes sortes empilées sur des étagères. Le lieu sacré de sa jeunesse a été profané. La première fois qu'elle y a remis les pieds, quelques mois après la vente, elle aurait voulu jeter dehors toutes ces étoffes, ces liqueurs, ces provisions disséminées çà et là, entassées pêle-mêle sur son passé. Des coureurs des bois, les épaules ployant sous les ballots de fourrures, souillaient les dalles de pierre autrefois si propres. Ce jour-là, Louise a pensé à sa mère en remerciant le Seigneur que celle-ci n'ait pas vu sa maison ainsi malmenée. Mme de Ramezay, si elle avait vécu, aurait voulu garder le château à tout prix, mais ce n'était plus possible. Les dix-sept mille six cents livres payées par la Compagnie des Indes ont permis de rembourser les créanciers, de réparer la scierie de la rivière aux Hurons et d'assurer à Louise et à Angélique une relative sécurité financière.

La rue Bonsecours sombre dans la noirceur. Seuls quelques rayons de lune éclairent faiblement les trottoirs de bois, permettant ainsi à Louise de se diriger dans le noir. Elle prend son temps, déguste la nuit douce, à pas lents. Provenant de la rue Saint-Paul, un galop de cheval envahit un instant la ville puis s'émousse au profit du silence. Louise respire profondément. La fraîcheur de la nuit a dissipé les puanteurs du jour. Seules des odeurs persistantes d'algues et de limon flottent dans l'air, venues du fleuve.

Chez elle, une lumière rosée vacille derrière la fenêtre. Angélique ne dort pas encore.

— Mademoiselle de Ramezay?

Louise recule, surprise. Une longue silhouette se dresse devant elle, silhouette étrange qui ne ressemble à personne. L'homme s'approche. Il était assis devant la porte sur la marche de pierre. Il l'attendait. Louise continue de reculer et descend du trottoir. Des pierres roulent sous ses souliers fins.

— N'ayez pas peur, c'est moi!

— Qui, vous?

— Moi, Antoine Dufresne, le peintre.

Louise s'immobilise. Elle reconnaît maintenant l'allure dégingandée, le corps longiligne. La voix également. Chaude, ronde, nonchalante.

— Que faites-vous ici? demande-t-elle rudement.

— Je vous attendais.

Elle croyait s'être débarrassée pour toujours du jeune peintre.

— Que me voulez-vous?

— Je veux faire votre portrait.

— Mais je ne veux pas de portrait! Je vous l'ai déjà dit!

— J'ai été payé, mademoiselle. Et je n'ai pas l'habitude de ne pas gagner mon salaire.

Il a parlé doucement. Son calme enrage Louise, qui élève la voix, au risque de réveiller les voisins.

— Écoutez-moi, monsieur! Je me fiche que vous ayez été payé ou non. Dépensez l'argent, donnez-le aux pauvres, remettez-le à ma sœur, faites-en ce que vous voulez. Mais vous ne ferez pas mon portrait! Je n'ai pas de temps à perdre avec ces coquetteries de jeune fille. Je ne veux plus vous revoir. Ôtez-vous de mon chemin!

Elle bouscule le jeune homme, qui chancelle mais se ressaisit aussitôt. Il s'écarte sans insister, mais, avant d'entrer, elle l'entend chuchoter à son oreille:

— À bientôt, mademoiselle.

La porte refermée, elle s'y appuie un moment, le temps de reprendre une respiration normale.

— C'est toi, Louise?

Elle replace ses cheveux, passe ses mains moites sur sa jupe, respire profondément puis se rend au salon où Angélique l'accueille avec un sourire triste.

— Tu devrais être couchée à cette heure-ci, la réprimande Louise.

— Je n'avais pas sommeil. Tu as passé une bonne soirée?

— Oui. Tu aurais dû m'accompagner. Ça t'aurait fait du bien de voir du monde.

— J'aime mieux rester seule que de voir ce monde-là.

Ses yeux pétillent de colère.

— Que veux-tu dire?

Habituellement pondérée et discrète, Angélique laisse éclater sa rancœur.

— Comment peux-tu me demander cela? Tu sais très bien tout le tort causé par le gouverneur Beaucours à mère d'Youville et à ses compagnes! Il s'est opposé aux sulpiciens, qui voulaient leur confier l'Hôpital général. Il les a accusés de conspiration et a fait circuler une pétition demandant au gouverneur général de favoriser les frères Charon. Tout ça pour nuire à mère d'Youville et l'empêcher d'obtenir la direction de l'Hôpital général. À cause de lui, elle a été la cible de quolibets et de calomnies. On lui a lancé des pierres, à elle et à ses compagnes. Je le sais, j'étais là. On les a même accusées de vendre de l'eau-de-vie aux Sauvages, comme son défunt mari le faisait. Jusqu'à les appeler les sœurs grises, par dérision! Comment ont-ils pu!

Angélique ne peut retenir ses larmes. Elle a vu les prodiges de charité accomplis par les jeunes religieuses. Elle peut témoigner des misères partagées, de la générosité, du courage, de l'abnégation. Et le mal fait à ces femmes la révolte.

Louise tente de l'apaiser.

— Je crois que tu es fatiguée. Tu te donnes trop à cette œuvre. Tu ne supportes plus la moindre opposition.

— Tu crois que j'exagère? demande Angélique à travers ses larmes. Eh bien, tu te trompes! Tu ne sais rien de toutes leurs manigances. Tu ne t'intéresses qu'au commerce. Tant que tes moulins à scie produisent, tu es contente, et le reste t'indiffère. Au lendemain de l'incendie de l'an passé qui a détruit la maison de mère d'Youville, bien peu de gens l'ont soutenue et tu n'étais pas de ceux-là. Heureusement, les sulpiciens ont pu l'aider. Mais M. Beaucours a vite réussi à les déloger de la maison que leur avait louée M. La Palme et il a fallu qu'Élisabeth les accueille chez elle un temps avant qu'elles ne réussissent à se loger convenablement. Toi, tu n'as rien vu! Tu n'as même pas levé le petit doigt! Tu marchandais ton bois!

Angélique se sauve dans sa chambre. Restée seule, Louise va vers la fenêtre. Elle écarte les lourds rideaux qui se referment derrière elle et pose son front sur la vitre. Les yeux fermés, elle s'abandonne à la nuit silencieuse.

La cloche de la chapelle Notre-Dame-de-Bonsecours accueille les fidèles dans une grande envolée. Coulée dans le métal d'un vieux canon éclaté, elle émet un son rauque, inégal. Louise, en retard comme tous les dimanches, se retient de courir. Elle aperçoit de loin Mme Bégon, de passage à Montréal, qui disparaît à l'intérieur de la chapelle avec sa petite-fille. La lourde porte se ferme derrière elles et la cloche se tait. Louise relève ses jupes à deux mains et dévale la rue Bonsecours à toute vitesse.

Quand elle entre en trombe dans la chapelle, elle doit affronter un silence recueilli. Sur le bout des pieds et en retenant son souffle, elle rejoint Angélique dans le banc de la famille. Sa sœur ne bronche pas. Elles ne se sont pas beaucoup parlé depuis l'altercation de l'autre nuit.

Louise se sent bien. À travers les fenêtres, elle aperçoit le ciel où s'effilochent les nuages. Le temps est à la pluie; l'automne approche. En jetant un regard circulaire sur l'assemblée où les femmes rivalisent d'élégance, elle croise le regard de la petite-fille adorée de Mme Bégon et lui fait un clin d'œil. La petite, surprise, détourne vivement les yeux puis se retourne pour lui adresser son plus beau sourire. Louise soupire d'aise. La décoration sobre, sans artifice, le grand calme, les chants... Il n'y a plus de lutte ici, seulement l'abandon... Elle fait corps avec la petite chapelle, s'y sent à l'abri, protégée... Épiée. Mue par une force irrésistible, elle tourne la tête et aperçoit dans la rangée de droite, un banc derrière le sien, Antoine Dufresne qui la regarde intensément. Il a posé une feuille sur le prie-Dieu et il y trace une esquisse. Abasourdie, Louise essaie d'oublier les yeux noirs inquisiteurs en tentant désespérément de se concentrer sur le sacrifice divin. Il ne la laissera donc jamais en paix! Il va falloir qu'elle parle sérieusement à Élisabeth. La farce a assez duré. Sa sœur va devoir la débarrasser de cet importun.

Au bout d'un moment, elle risque un œil du côté du peintre. Il la regarde encore et sa main court toujours sur le papier. Ses doigts sur son dos, sur sa joue, dans son cou... Sa main qui la frôle... Incapable de supporter cette agression plus longtemps, elle sort précipitamment de la chapelle sous les regards scandalisés. Dehors, elle respire mieux. Des grains de pluie lui chatouillent le visage, apaisants. Elle remonte lentement la rue Bonsecours jusqu'à ce qu'elle entende des pas qui s'accordent aux siens. Il est là. Elle sait que c'est lui. Elle le devine au rythme accéléré de son pouls, à la sécheresse de ses lèvres, à la bouffée de chaleur qui inonde ses poumons. Elle veut fuir, mais ses souliers collent à la boue de la rue. Il la rejoint et marche à ses côtés en silence. Arrivée à la maison, elle le laisse entrer, prise par quelque étrange indolence, incapable de réagir intelligemment. Il faudrait le mettre à la porte, le menacer de poursuites, l'injurier ou, tout au moins, montrer de l'indifférence ou se moquer. Toutes ces réactions saines et normales lui échappent. Elle a trop besoin de le regarder. Puiser à sa jeunesse. Se caresser au velours de ses yeux sombres. Couler jusqu'au creux de ses bras.

La cloche de la chapelle raccompagne les fidèles. Dans quelques minutes, Angélique et Claudine seront là.

— Que voulez-vous? murmure Louise, bouleversée.

— Faire votre portrait, répond-il simplement.

— Revenez mardi, à deux heures.

Des rides lui sont apparues pendant la nuit. Qui n'étaient pas là la veille, elle pourrait le jurer. Ses cheveux ont grisonné et ses mains, hier encore si belles, se sont couvertes de craquelures disgracieuses. Des mains de vieille femme... Déjà... Assise devant son miroir, elle redécouvre son corps qu'elle avait oublié tant il la servait bien. Ses seins tombants, son ventre, les ridules au coin des yeux et autour de la bouche... Elle avait souvenance d'un corps ferme, à la peau satinée, et elle trouve un corps griffé par le temps. Elle n'a rien vu venir. Le temps a passé sans elle. Perplexe, elle scrute l'étrangère dans le miroir et cherche désespérément la jeune fille qui l'habite, dissimulée sous cette carapace de vieille femme. Elle s'observe, se découvre. Différente. Au creux du coude, la peau se plisse quand elle ramène la main vers elle. Fascinée, elle répète ce geste plusieurs fois. Plus témoin qu'actrice, comme s'il s'agissait d'une autre. Des rides aussi dans son cou, hier si altier. Comme si, à la faveur de la nuit, on l'avait recouverte d'une peau usée, trop grande pour elle. Les genoux ont perdu leur rondeur; les jambes, leur galbe soyeux.

Il sera là bientôt et il ne faut pas qu'il vienne. Lui faire savoir qu'il ne doit pas venir. Trouver une excuse, rapidement. Elle ne supportera pas ses yeux moqueurs rivés sur son visage, sa longue main sculptant son corps. Comme elle ne supportera pas de ne pas le voir.

Angélique sort sur la pointe des pieds, la croyant endormie. Elle ne reviendra pas avant la tombée du jour. Comme tous les mardis... Claudine sortira également, un peu plus tard. Comme tous les mardis.

Louise attend un moment puis elle ouvre avec précaution la porte de sa chambre et se dirige vers l'appartement d'Angélique. Après s'être assurée qu'on ne la voit pas, elle pénètre dans le sanctuaire de sa sœur, où règnent un ordre et une propreté exemplaires. Sans hésiter, elle va vers le bureau où sont rangés des flacons de différentes grosseurs. Tous les secrets d'Angélique, son jardin mystérieux. Elle les ouvre fébrilement les uns après les autres. Des odeurs de fleurs sauvages s'échappent des crèmes, des parfums, des herbes, mais Louise ne se contente plus des odeurs; elle cherche un miracle, une lotion magique qui ramènerait la jeunesse. Vite déçue de ses maigres trouvailles et en colère contre elle-même d'avoir osé violer l'intimité d'Angélique, elle range soigneusement les flacons et revient à sa chambre. Pour la première fois, elle regrette de n'avoir pas succombé aux modes et de ne s'être jamais fardée. Les autres femmes possèdent l'art de maquiller les imperfections. Elle n'a pas remarqué chez elles ces rides révélatrices, cette peau sèche, sans luminosité. Elle voudrait tant aujourd'hui connaître tous ces petits secrets transmis par les mères à leurs filles et auxquels elle n'a jamais prêté attention. Élisabeth! Élisabeth saura! Seule Élisabeth pourra l'aider. Elle doit absolument voir Élisabeth! Tout de suite! Louise s'habille en hâte, poussée par un sentiment d'urgence. Vingt ans de sa vie à effacer... en si peu de temps. Il sera là dans quelques heures.

Dès qu'elle ouvre la porte, le soleil aveuglant l'oblige à s'arrêter. Sa robe beaucoup trop chaude pour la saison et ses cheveux mal coiffés lui attirent des regards pleins de sous-entendus. Elle reconnaît dans les yeux des passants son propre égarement et, l'espace de quelques secondes, elle ne sait plus très bien qui elle est ni ce qu'elle cherche. Son premier réflexe est de rentrer précipitamment dans la maison pour échapper à la fois à leur jugement et à sa propre exaltation.

— Vous sortez, Mademoiselle?

L'air ébahi de Claudine qui allait sortir pour son congé hebdomadaire...

— Non, je rentre.

Claudine, la bouche ouverte, de plus en plus perplexe...

Soudain consciente du rocambolesque de la situation, Louise laisse jaillir un grand éclat de rire qui dévale en cascades interminables, remplit ses yeux de larmes, lui coupe le souffle.

De retour dans sa chambre, elle se laisse pesamment tomber sur son lit, les bras en croix, et reste là un long moment, jusqu'à ce qu'au rire succède un grand calme. Un cheval hennit juste sous sa fenêtre. La journée sera belle.

Elle aime son regard posé sur elle, ses gestes lents, à la limite de la nonchalance, de la désinvolture. Rien ne se passe comme elle l'avait imaginé. Tout est simple, facile. Il lui parle d'elle comme s'il la connaissait depuis toujours et elle se reconnaît dans ses mots. Elle veut qu'il parle de lui; il la fait taire. Il la veut muette, immobile, offerte à son art, et elle accepte, confiante, mystérieusement libérée de sa révolte.

— Quand puis-je revenir?

— Dans une semaine, à la même heure.

Deux jours plus tard, elle recevait un message bref, mais clair. Deux hommes blessés, les scies arrêtées. Aucune précision supplémentaire. Le contremaître avait fait l'effort d'écrire ces quelques mots; il préférait expliquer le reste de vive voix.

— Certains disent que ce n'est pas un accident. C'est pourquoi ils refusent de travailler.

— Que veux-tu dire?

— Ce serait une histoire de... femme...

— ...

— Une jalouserie entre deux hommes.

— Et l'un des deux aurait voulu tuer l'autre?

— C'est ce qu'on dit.

— Il n'y a pas de témoin?

— Non. Ils étaient seuls aux scies quand c'est arrivé.

— Et comment vont-ils?

— Le plus vieux a eu le bras arraché.

— Le plus jeune?

— Je pense qu'il va en réchapper, je sais pas au juste. Faudrait demander au docteur de Chambly.

— Et pourquoi les autres refusent-ils de travailler?

— À cause du mauvais sort... Ils veulent pas travailler où il a pu y avoir un meurtre. C'est Duclos qui leur a monté la tête.

— Celui que tu as engagé le mois passé?

— Oui. C'est un bon ouvrier; il a de l'expérience. Il a fait tous les moulins. Avant de venir ici, il était chez le sieur de Bleury.

Louise tique en entendant ce nom. Décidément, il ne lui viendra jamais rien de bon de ce côté-là. Si elle ne trouve pas une solution, et rapidement, les hommes partiront les uns après les autres. Aucun d'entre eux n'osera défier le sort et le bois risque de pourrir sur place avant qu'une nouvelle équipe ne soit formée et entraînée. Si elle ne respecte pas ses contrats, elle devra peut-être fermer la scierie de la rivière Salvail et renoncer à ses projets avec Jean Chartier dans la seigneurie de La Livaudière.

Sans en parler ni à Nicolas ni aux ouvriers, elle décide de convoquer les femmes à une heure où elle sait les maris absents, qu'ils soient à la pêche, à la chasse, à la forge ou en train de faire une sieste. Intriguées, les femmes se présentent à l'heure dite. Louise en compte une quinzaine, les unes en tablier de semaine, portant leur enfant dans les bras, les autres, endimanchées et fardées comme pour une grande sortie. Elle leur présente les faits franchement, sans tricher, en parlant tout autant de ses intérêts que des leurs. À leurs questions et à leurs craintes vivement exprimées, elle se rend compte rapidement de l'attachement de ces femmes à ce petit terrain de colonisation et des espoirs immenses qu'elles nourrissent pour l'avenir de leurs enfants. La scierie fournit du travail aux hommes; la rivière et les bois assurent la survie; pas très loin, avec son magasin général, l'église et le fort, Chambly satisfait tous les besoins. Même l'hiver s'endure bien ici. Elles ne veulent pas partir et ces histoires de mauvais sort ne les effraient pas.

Le lendemain matin, Nicolas réunit les hommes, suivant en cela les directives de Louise de Ramezay. Elle les exhorte encore une fois à reprendre le travail, allant jusqu'à offrir une prime aux trois premiers qui s'installeront aux scies. Certains fléchissent, mais Duclos, fort en gueule, ne les laisse pas succomber à l'appât du gain. Il a un argument de poids: le blessé est mort à l'aube et quiconque tient au salut de son âme doit s'éloigner du lieu maudit. «C'est un avertissement!», clame-t-il. On a besoin d'eux ailleurs. Ils n'auront aucune peine à trouver du travail.

Un craquement l'interrompt, suivi d'un deuxième. Tous les hommes se tournent vers le moulin, où la grande roue, lentement, déroule ses godets, remplis un à un par l'eau claire. Puis le grincement des scies entonne un hymne singulier. Interloqués, les ouvriers s'élancent vers le bâtiment mais s'arrêtent tous en même temps. Les fantômes prennent des visages connus, des voix aimées, des gestes harmonieux. Des femmes arriment les billes au câble qui les hisse lentement tandis que d'autres poussent les immenses pièces de bois sous les dents acérées de la scie. Le travail se fait lentement car elles doivent se mettre à plusieurs là où un seul homme suffirait, mais elles y arrivent, malgré la sueur et les échardes aux mains.

Nicolas réagit le premier. Il rejoint deux femmes qui, dans l'eau jusqu'aux genoux, hissent une pièce de bois. Avec son aide, elles réussissent facilement à l'accrocher au câble et la force de l'eau fait le reste. Louise se joint elle aussi aux travailleuses, puis, un à un, les hommes vont vers les femmes, qui, sans dire un mot, leur cèdent la place tout en restant près d'eux. Le chantier retrouve peu à peu son rythme habituel. Un homme entonne une complainte, entrecoupée de jurons. Les femmes se retirent discrètement. Louise partage entre elles la prime promise aux hommes et elles retournent ensuite à leur foyer, à leurs enfants, aux repas à préparer et au linge à laver dans cette rivière chatoyante qui, dorénavant, leur appartient de plein droit.

130

Louise quitte elle aussi le moulin et longe la rivière. Des crapauds lancent des appels stridents. Commençant dans un murmure, leur chant se gonfle jusqu'à devenir incantation. Envoûtée par toutes ces voix harmonisées en un seul son, Louise laisse sourdre le cri de victoire qui monte en elle. D'abord doucement, timidement, puis à pleins poumons.

Sur la rive, un bécasseau s'enfuit.

À Montréal, les grognements des cochons, les hennissements des chevaux et les aboiements des chiens tiennent lieu de musique. En arrivant à la brunante, Louise évite la cohue de la journée et la chaleur écrasante. Elle revient satisfaite. Le travail a repris à la rivière aux Hurons. Duclos est parti sans attendre son congédiement, et elle a pu rencontrer Jean Chartier. Le contrat est signé. La construction de la scierie de la rivière Chazy devrait débuter dans quelques jours. Un voyage de deux semaines qui a valu la peine.

Déserte à cette heure, la rue Bonsecours s'ouvre sur la petite chapelle, tout au fond, elle aussi abandonnée. En descendant de la voiture, Louise éprouve un serrement au cœur. Antoine la regarde, assis, selon son habitude, sur la marche de pierre devant la maison. Elle l'avait complètement oublié, rayé de sa vie. Elle est partie sans même l'avertir. Comment a-t-elle pu vivre toutes ces heures sans penser à lui?

— Que faites-vous là?

— Je vous attendais... Je vous attends depuis une semaine. Nous devions nous rencontrer.

Son opiniâtreté, sa patiente désinvolture, sa fausse indifférence d'enfant mal aimé la rassurent et lui donnent le goût de vivre. Elle peut suivre la course du sang dans ses veines, sentir les battements de son cœur, prévoir la contraction de chacun de ses muscles. Le peintre, d'un seul regard, lui façonne un corps palpitant de désir.

— Quand nous voyons-nous?

— Je suis fatiguée.

— Je sais.

Elle n'avait jamais avoué sa fatigue à personne. Avec lui, tout devient si simple. Elle ne ressent plus le besoin de feindre. Rien à cacher. Il sait tout d'elle...

— Je viendrai mardi.

Cette fois-ci, elle est au rendez-vous. En sortant pour son congé hebdomadaire, Claudine laisse entrer un petit air frisquet, annonciateur de l'automne. Louise a fermé toutes les fenêtres et fait brûler quelques bûches dans l'âtre. Distrait quelques secondes par le départ de la domestique, Antoine reprend son travail. Il a du mal à rendre la courbe du menton, qui donne au visage rectangulaire son allure volontaire, presque sauvage. Il s'attarde, corrige, retouche, sans jamais perdre patience. L'angle de la joue lui échappe. Une tendresse qui se perd, se refuse.

Louise sent son regard attentif scruter chacune des lignes de son visage. Elle s'abandonne, laissant pénétrer en elle la douceur ambiante. L'artiste et son modèle se devinent, se reconnaissent, se font la cour, s'aiment à petites doses, sans jamais tout dévoiler.

— De quoi avez-vous peur? demande soudain Antoine en posant son pinceau.

Il veut savoir d'où vient cette courbe amère, impénétrable, étrangement angulaire, savoir quelle échappée elle dissimule. Fugue de jeune fille rêveuse ou frasque de femme en quête de pouvoir?...

Louise le regarde sans répondre.

— De quoi avez-vous peur? répète-t-il doucement.

— De me perdre...

— Il peut être heureux de se perdre. On risque de se retrouver différent, meilleur.

— Ou pire...

— C'est un risque, mais ne pas accepter de le prendre, c'est se tenir en laisse.

— J'aime mieux tenir moi-même la corde qui me retient plutôt que de la confier à un autre.

— Vous avez de belles mains.

Il vient vers elle. Si ses mains à lui libéraient plutôt que d'enfermer, s'il possédait dans ses longs doigts graciles la source libératrice qu'elle cherche depuis toujours? Peut-être a-t-elle erré tout ce temps, toute cette vie? Peut-être liberté et amour peuvent-ils gîter dans un même rêve?... Si elle acceptait le risque?...

Il prend ses mains dans les siennes et l'oblige à se lever. Son souffle sur son visage. Ses lèvres qui glissent dans son cou jusqu'à la courbe du sein. Elle frémit. Il lui enserre la taille et elle sent la force de ses bras enroulés autour d'elle, la douceur de ses mains dans son dos, sur ses épaules. Les yeux fermés, elle se perd dans l'espace et le temps qu'il crée autour d'eux. Un temps à leur mesure, un espace sans limites... Elle s'abandonne, délestée de tout souvenir, comme si c'était la première fois...

Le lendemain matin, à la première heure, Antoine se présente chez Louise.

— Sellez votre cheval, je vous emmène.

Elle proteste tout bas, pour ne pas alerter Angélique et Claudine occupées à la cuisine.

— Je ne peux pas... On pourrait nous voir ensemble.

— Rejoignez-moi dans vingt minutes de l'autre côté des fortifications, porte Saint-Laurent.

Une demi-heure plus tard, ils galopent tous les deux en direction du mont Royal.

— Où allons-nous?

— Vous verrez...

Antoine pousse son cheval. L'animal, nerveux, répond aussitôt au commandement, et Louise, qui refuse de fatiguer sa jument, les regarde s'éloigner dans le sentier tracé par les bêtes. Après quelques minutes, Antoine ralentit sa monture, puis l'immobilise. L'animal, le poil luisant d'écume, les naseaux dilatés, renâcle en piaffant. Il n'aime pas attendre. Quand il sent la petite jument tout près, il hennit en secouant son cavalier. Antoine passe ses doigts dans l'épaisse crinière de l'étalon et lui parle doucement en attendant que Louise l'ait rejoint.

— Il faut passer ce ruisseau. Ensuite, nous y sommes presque.

— Je vous suis.

Le ruisseau ressemble plus à une rigole, mais le filet d'eau coule au fond d'un fossé, peu profond certes, mais tout de même assez escarpé pour indisposer le cheval d'Antoine. La bête, fringante, refuse de descendre; elle insiste plutôt pour sauter l'obstacle. Chaque fois qu'elle veut prendre son élan, Antoine la retient. L'écart est facilement franchissable, mais la pente est assez boueuse pour entraîner une chute. Alors monture et cavalier s'entêtent, l'une à sauter, l'autre à retenir, jusqu'à ce que les membres arrière du cheval glissent malencontreusement dans la vase. L'animal se retrouve assis sur sa croupe et le cavalier, assis dans la boue derrière lui. La bête, alerte, se relève prestement en laissant le pauvre Antoine déconfit, le postérieur et l'amour-propre détrempés.

Louise, qui a suivi toute la scène, demande doucement:

— Vous n'avez rien?...

— Non, je...

Il n'a pas le temps de terminer sa phrase qu'elle s'esclaffe. Elle rit à gorge déployée, incapable de se contrôler, se tenant les côtes. Elle rit pendant qu'Antoine claudique vers le cheval, l'attrape prestement par la bride et remonte en selle. Elle rit encore, quinze minutes plus tard, quand ils arrivent au sommet de la montagne.

À la fois vexé et heureux, Antoine l'entraîne vers un promontoire d'où ils aperçoivent le fleuve et la ville abritée derrière ses fortifications.

— Comme c'est beau!

Le spectacle, grandiose, enlève à Louise toute envie de rire.

— C'est tellement beau! Le soleil, le fleuve, le ciel...

Elle sent maintenant un trop-plein de bonheur qui lui serre le cœur. Des émotions fortes, puissantes, qu'elle n'oubliera jamais. Ils restent là de longues heures, au-dessus du monde, seuls, avec pour unique devoir de s'aimer.

Québec est en liesse. Avec les alouettes reviennent enfin les soldats. Ils rentrent chez eux après une campagne interminable et rude, les uns blessés, loqueteux, les autres dégoûtés, certains aux limites de l'épuisement, mais tous avec la fierté de s'en être tirés. Ils ramènent la guerre avec eux, à fond de cale, avec les rats et les poux, cette guerre lointaine qu'ici on s'efforçait d'oublier.

Pendant des jours, des semaines, des années même, ils vont raconter, répéter, ressasser les mêmes souvenirs, embellir les exploits, amplifier les misères, comme si cela était nécessaire. Pour qu'on les croie, que l'on comprenne surtout ce qu'ils ont enduré. Ou ils se tairont pendant des heures pour revivre dans le silence l'indicible.

À peine débarqué, le commandant Roch de Ramezay reçoit les éloges des autorités, auxquelles il doit faire un rapport détaillé de la campagne d'Acadie.

Quand il peut enfin rentrer chez lui, il y retrouve tous les siens rassemblés. Louise-Geneviève, insatiable, serre son époux dans ses bras, tandis que sa mère s'empresse auprès de Charles, blessé à une jambe. Louise est là également, au cœur des retrouvailles. Le retour des militaires, avec leurs blessures et leurs peurs inscrites dans tous leurs gestes, suscite une vénération qui se traduit par un grand recueillement rassembleur, unique. On se parle à voix basse, on se déplace lentement, respectueux des douleurs encore inapaisées.

Au bout de quelques heures, Roch et sa femme se retirent dans leur chambre en confiant à leur fille Marguerite la bonne marche de la maison. Geneviève ramène son fils chez elle. Elle ne le quittera pas pendant des jours, lui tiendra la main dans son sommeil en priant, en remerciant, en suppliant. Bouleversée, elle ne sait plus se réjouir, écartelée entre le bonheur de le savoir là et de pouvoir le toucher à satiété et l'appréhension de le voir repartir, sitôt guéri, vers d'autres combats, d'autres dangers. Loin d'elle.

Louise-Geneviève s'en va elle aussi avec son mari en promettant de revenir le lendemain assister au grand souper donné en l'honneur des soldats victorieux. Mal commencée, la campagne d'Acadie s'est finalement jouée dans les premiers jours de l'année 1747 quand Roch décida d'attaquer les troupes du lieutenant-colonel Arthur Noble installé à Grand-Pré pour freiner les incursions des Canadiens et des Français en Nouvelle-Écosse. Le groupe d'attaque, parti le 9 février, ne mit que quelques heures à remporter une victoire décisive et l'ennemi signait la capitulation le 12 février. Charles avait été blessé au cours de cet engagement, mais la victoire oblitère toutes les infortunes, les engelures, les morts.

Marguerite discute du menu du lendemain avec la cuisinière. Pareille à son père, un peu brusque, sans aménité ni délicatesse, elle aime le travail bien fait, les décisions prises rapidement, sans ces palabres interminables qui ne mènent à rien. Elle a les choses bien en main. Tout sera prêt à temps.

Louise demande un cocher et se fait conduire à l'Hôpital général de Québec où Charlotte lui a offert l'hospitalité pour la durée de son séjour. Elle se réjouit à l'idée de revoir sa sœur aînée. Elle souhaite lui parler d'Angélique qui mine sa santé à épauler Marguerite d'Youville et ses compagnes. Un sujet de conversation qui devrait les rapprocher.

Aux portes de la ville, le cocher met son cheval au pas. Le printemps étale ses verts tendres jusqu'au moindre buisson. Les trembles et les peupliers bruissent doucement, effleurés par la brise. Des mouvances mystérieuses s'emparent des bocages où se croisent lueurs et ombres. Un lièvre, comme surgi d'un conte, court quelques secondes devant la voiture avant de disparaître dans un fourré. La terre crée une illusion de sérénité. Tout devient possible. Des désirs de partance hantent la voyageuse. Partir loin... Découvrir tous les mondes... Voir la mer, des animaux étranges, ni marins ni terrestres, des oiseaux aux couleurs bigarrées, aux becs énormes, des gens à la peau jaune ou noire. Écouter leurs chants, épouser leurs rythmes. Le printemps s'infiltre en elle, la contamine, l'intoxique de pulsions nouvelles. Sur les restes de léthargie de l'hiver fleurissent des rêves poignants, ensorceleurs, presque cruels à force de grandeur inaccessible.

Pour y échapper, Louise questionne le cocher.

— Vous demeurez à Québec depuis longtemps?

— Oui, mademoiselle. J'y suis né ainsi que tous mes enfants. Et j'espère bien que les enfants de mes enfants y naîtront aussi.

— Vous en avez combien?

— Quinze! Et tous bien portants, grâce à Dieu!

La fierté naïve du bonhomme la heurte. Elle cherche quelque chose à opposer à sa prétention. Il a bombé le torse, aussi magnifique sur son petit siège de bois qu'un prince sur son trône. Elle voudrait le rabaisser pour ne plus sentir sa propre petitesse. Mais quelle valeur peuvent prendre les plus grandes réalisations comparées à l'exploit de cet homme? Il assure la sauvegarde de la race humaine. On se souviendra de lui. Il vivra toujours alors qu'elle n'a rien fait qui vaille la peine d'être retenu par les générations à venir. Une branche arrachée de l'arbre qui n'aura jamais infusé sa sève à personne... Inutile... La vie se transmet à côté d'elle, sans passer par ses veines.

Une grande ondée de désir la secoue. Elle voudrait Antoine près d'elle, s'accoupler ici, dans les futaies ombrées, avec ce corps jeune, audacieux, libre. Leur enfant et l'enfant de leur enfant porteraient leurs espoirs jusqu'au nouvel âge, jusqu'au dernier des derniers hommes. Et sa vie, en se confondant à celle d'un autre, prendrait un sens. Elle sourit en pensant à l'étonnement d'Antoine s'il entendait ses pensées. Lui-même un enfant, buté, déraisonnable, impatient, rêveur, naïf, comment pourrait-il seulement envisager une telle éventualité? Il se moquerait d'elle, lui rappellerait gentiment qu'elle n'a plus vingt ans, hélas, et que c'est justement pour cela qu'il l'aime. Les filles de vingt ans sont si bêtes! Elle revoit son air boudeur, la veille de son départ. Il jurait ne pas pouvoir survivre à cette séparation. Il s'est accroché à elle pendant des heures. Elle l'a cajolé, consolé, a promis de faire le plus rapidement possible, juré que ce voyage était nécessaire. Il a voulu venir, puis il n'a plus voulu, heureux de souffrir pour elle. Il a accepté de ne pas se tuer puis il a demandé un fusil. Il a voulu pleurer, mais il n'y est pas arrivé. Alors ils ont ri aux larmes en se faisant leurs adieux toute la nuit. Si bien que l'aube les a surpris en flagrant délit de libertinage et qu'il a fallu attendre le départ d'Angélique et de Claudine pour qu'Antoine puisse s'échapper par la porte du jardin.

— Sous la pluie..., marmonne Louise.

— Pardon, mademoiselle?

Prise par ses pensées, Louise a marmonné.

— Rien... Est-ce que nous arrivons bientôt?

— J'aperçois le clocheton du monastère.

Encore ébranlés par les longs mois de campagne, les militaires apprécient l'accueil chaleureux des leurs. La petite fête donnée en leur honneur les réconforte et ils se laissent volontiers enfermer dans les liens familiaux qui se resserrent autour d'eux. Louise-Geneviève tient précieusement la main de son mari. Elle s'accroche à lui, cherche sur sa peau l'antidote à toute cette angoisse accumulée au cours des longues nuits à imaginer le pire dans des scénarios plus cruels que la réalité, plus sanglants aussi, où l'imagination s'emballait, emportée par la peur. Mille morts, mille résurrections. Les mousquets crachant leur fumée noire, les tomahawks des guerriers, les lances acérées cherchant le cœur. Tout se déroulait dans un demi-sommeil, entre rêve et réalité, quand l'esprit, affaibli, n'arrivait plus à circonscrire ses divagations. Louise-Geneviève s'accroche à son mari, désespérément, en sachant bien qu'elle ne l'empêchera pas de repartir.

— Les routes ne sont plus sûres. Les Agniers ont brûlé des granges dans la région de Soulanges. On dit que trois colons ont été tués.

— Les Agniers ont toujours été du côté des Anglais. La guerre est inévitable.

— De fait, elle est déjà commencée. Au grand conseil des Sauvages convoqué par Beauharnois en mars, nos alliés de l'Ouest ont accepté de déterrer la hache de guerre. Il y a déjà eu des affrontements en Nouvelle-Angleterre, au Connecticut et dans la colonie de New York.

— On ne peut jamais se fier aux Sauvages. Les Miamis et même les Hurons menacent constamment de changer de camp.

— Je ne suis pas d'accord, s'objecte Roch de Ramezay. Ceux qui ont servi sous mes ordres en Acadie étaient des alliés sûrs, de magnifiques guerriers.

— C'est le fort Frédéric, au lac Champlain, qui est le plus menacé. S'il tombe, on ne pourra plus enrayer la progression anglaise.

— Mon frère Luc s'y trouve présentement, explique Louis de La Corne. Aux dernières nouvelles, il préparait une expédition pour tenir Anglais et Sauvages loin du fort.

— Je ne suis pas trop inquiète, déclare Louise. Le Gardeur et Niverville ont la situation bien en main. Ces deux officiers ont causé des ravages sur plus de quarante lieues dans le Connecticut, à ce qu'on dit. Même les Agniers les redoutent.

— Pourtant, objecte Charles, on en a vu dans le district de Montréal.

— Probablement un groupe isolé.

La présentation du dessert détourne les conversations. Trop longtemps privés de ces douceurs, les militaires se taisent pour mieux se rassasier. Leur gourmandise rassure les femmes. La guerre s'éloigne.

Après le repas, ayant remarqué le peu d'entrain de sa belle-sœur, Louise la suit dans sa chambre où elle s'est discrètement retirée. Elle la trouve en pleurs, incapable de cacher plus longtemps son désarroi. Louise de Tonnancour a beaucoup vieilli. Ses traits délicats qui faisaient tout son charme trahissent aujourd'hui une extrême lassitude.

— Il repart, dit-elle enfin entre deux sanglots. Il doit aller en Europe rendre compte au roi des campagnes d'Acadie.

— Mais il ne sera pas parti longtemps et le roi lui remettra sûrement la croix de Saint-Louis pour ses exploits.

— Je n'en veux pas de la croix de Saint-Louis, explose Louise de Tonnancour. Je veux mon mari. Avec moi, dans mon lit! Je veux parler avec lui, manger avec lui, le réveiller le matin, lui raconter mes rêves, le voir sans perruque, les yeux bouffis de sommeil, le corps tout chaud sous les couvertures.

Louise veut lui prendre la main; elle se dérobe.

— Je sais. Je suis une mauvaise épouse. Mon mari revient avec tous les honneurs de la guerre et, au lieu de me réjouir de ses triomphes, je me plains. Mais ça m'est égal! J'en ai assez! J'ai besoin de crier pour ne pas exploser! Les honneurs, ça ne tient pas au chaud! Tu ne peux pas comprendre... Tu n'as jamais eu besoin d'un homme, toi.

Louise voudrait riposter. Ne sachant trop comment prendre cette remarque, elle feint de n'avoir rien entendu.

— Pourquoi ne l'accompagnes-tu pas en Europe?

— Tu n'y penses pas! Il faut bien ne pas avoir d'enfant pour suggérer une chose pareille! Je ne peux pas laisser Marguerite toute seule. Elle n'a que dix-sept ans. Et puis il faut quelqu'un pour s'occuper des affaires. Il n'y a que moi qui sache réellement où nous en sommes. J'ai peut-être l'air de ne rien faire, je ne suis pas toujours à courir comme toi, mais je fais marcher la maison. Et même Roch, toujours en campagne, aurait du mal à s'y retrouver.

— Il doit y avoir un moyen. Geneviève...

— Je ne peux pas demander cela à Geneviève. Elle en a plein les bras avec Charles qui est blessé, et sa fille, et ses propres affaires. Ce n'est pas facile pour une femme seule de faire respecter ses droits. Tu devrais le savoir!

— Je suis sûre que Marguerite arriverait à...

— Non, elle est trop jeune. Elle n'est pas encore prête. Et qui sait combien de temps durera ce voyage? Et s'il nous arrivait malheur? Je ne peux pas la laisser. Et puis...

— Et puis?

Elle a du mal à parler. De grosses larmes roulent sur ses joues.

— Il ne m'a pas demandé de l'accompagner. Les hommes ne veulent pas des femmes dans ces occasions-là. Elles les dérangent..., les ennuient...

Louise comprend que le désespoir se loge là, dans ce partage refusé, cette complicité bafouée, cette solitude à deux. Elle s'assoit sur le lit et prend sa belle-sœur dans ses bras. C'est tout ce qu'elle peut faire.

Une heure plus tard, toutes les deux reviennent au salon. Tout le monde, sauf Roch, remarque les yeux rougis de Louise de Tonnancour.

Les festivités terminées, chacun tente de retrouver le rythme d'avant. Louise reprend le chemin du Roy en compagnie d'Élisabeth et de son époux. Elle les quitte cependant à la hauteur de Sorel pour se rendre à la scierie de la rivière Chazy, qui fonctionne à plein rendement depuis deux semaines. Du moins, le croyait-elle.

Une surprise désagréable l'attend. Seule la rivière ronronne; les scies, elles, restent silencieuses. Le bois livré s'est avéré de mauvaise qualité et il a fallu en commander d'autre.

— J'ai dû emprunter, explique Jean Chartier. Le prix du bois a augmenté; je n'arrivais plus.

— Vous auriez dû me demander.

Son associé, orgueilleux, sursaute.

— Je peux tenir ma part du contrat.

— De qui avez-vous emprunté?

— De Clément de Sabrevois.

— Quoi?

Louise voudrait hurler. La voilà encore à la merci de cet homme! Si Jean Chartier n'arrive pas à rembourser sa dette, le sieur de Bleury pourra s'arroger des droits sur la scierie. Et elle se trouvera, malgré elle, de nouveau associée à ce personnage. Elle ne serait pas la seule, d'ailleurs. Clément de Sabrevois a fait des affaires prospères ces dernières années. Il prête à tout le monde, achète des terres et des rentes et effectue, pour le gouvernement, des transports qui lui rapportent gros. De plus, le roi s'approvisionne chez lui. Pas étonnant qu'il ait quitté Chambly pour habiter Montréal. Il se rapprochait ainsi des bureaux de l'intendant et, du même coup, de son profit. Louise voudrait engueuler son associé, mais cela ne mènerait à rien. Elle s'inquiète plutôt du bois.

— Qu'est-ce qui s'est passé?

— L'homme que j'ai envoyé acheter le bois n'y connaissait rien malgré ce qu'il m'en avait dit. Quand j'ai reçu le bois, j'ai tout de suite vu que ça ne donnerait rien de bon. Pour en trouver d'autre à cette date-ci, il a fallu y mettre le prix.

— J'en ai assez de ces éternels problèmes avec les fournisseurs. Il va falloir trouver une solution.

— Il faudrait obtenir une concession sur le lac Champlain. Il y a là des arbres immenses, de toutes les essences, droits et forts à part ça. Avec de bons hommes qui travailleraient tout l'hiver, vous auriez suffisamment de bois pour fournir vos trois moulins.

— Il faudrait que je voie si ça vaut la peine.

Louise se méfie du jugement de son associé. Ses nombreuses erreurs et son manque d'expérience la laissent perplexe.

— Je peux envoyer deux bons charpentiers. Ils vous diront ce qu'ils en pensent.

— Je vais les accompagner. Nous partirons demain.

— Le trajet est rude, j'aime mieux vous prévenir. C'est la saison des moustiques et le lac Champlain n'est pas de tout repos à ce temps-ci de l'année.

Impatientée, Louise hausse les épaules et tourne le dos à son associé sans rien lui répondre.

Chartier avait raison. Une concession sur les rives du lac Champlain résoudrait tous ses problèmes d'approvisionnement pour les années à venir. Les arbres, ici, ont une majesté à couper le souffle. Louise découvre des merveilles, pas après pas, à mesure qu'elle s'enfonce dans cette forêt dense, aux odeurs capiteuses. Ensorcelée, elle lève la tête pour suivre la ligne élancée des troncs. Au-dessus d'elle, un ciel sombre perce parfois les bouquets d'arbres pour venir hanter le sous-bois. Elle éprouve le besoin impérieux de posséder cette richesse. Un grand vide se creuse à l'intérieur d'elle, une soif inextinguible de possession. Elle touche les arbres les uns après les autres, se les approprie, les marque de son odeur. Elle libère de jeunes pousses étouffées par les branches mortes, les chausse en frappant avec ses pieds pour ameublir la terre.

— Il faudrait penser à s'installer pour la nuit, mademoiselle.

Elle avait oublié ses membres courbaturés, sa peau boursouflée par les piqûres d'insectes, son estomac ravagé par les oscillations saccadées du canot. Car, là encore, Chartier avait raison. Le trajet a été rude. Surtout la distance effectuée en canot. Louise n'aime pas l'eau; elle ne l'a jamais aimée. Cette masse noire, incertaine, insondable, imprévisible. Elle préfère la terre ferme, les pieds dans la boue, les roches qui roulent sous vos pas, les lièvres qui fuient devant vous, le roulement rassurant des roues, l'odeur du cheval. Tout plutôt que cette précarité ressentie dès qu'elle se livre, impuissante, aux caprices de l'onde.

Ses compagnons, prudents, la pressent de s'arrêter. Il n'est pas bon d'être surpris par la nuit dans ce pays. Ils auront encore du temps demain pour explorer plus avant. De toute façon, la preuve est déjà faite: cette forêt constitue une ressource inépuisable, et, quand on pense qu'elle s'étend sur plusieurs lieues, il apparaît évident que le propriétaire d'une telle concession en retirerait des profits immenses.

Louise se plie finalement à leurs conseils et s'installe le mieux possible. Les deux hommes montent la tente tout près d'un ruisseau pendant qu'elle s'éloigne pour faire un semblant de toilette. Le vent souffle au-dessus d'elle, sans l'atteindre. Une pie-grièche s'époumone au faîte d'un arbre. Son nid est prêt; elle a délimité son territoire, que respecteront dorénavant tous ceux de son espèce. Satisfaite de sa journée, elle lance ses salutations au soleil en alternant sons rauques et mélodieux. Louise l'écoute un moment. Elle éprouve un sentiment très fort de puissance, de confiance, de liberté. Elle aussi prend possession de son territoire. Au soir d'une journée bien remplie, le corps éreinté, elle succombe à l'euphorie de la découverte.

Un bruissement derrière elle la fait se retourner. Une ourse noire suivie de son petit débouche à la limite du boisé. Louise réagit rapidement en s'éloignant du ruisseau convoité. Rassurée, la mère entraîne son petit vers le point d'eau et les deux bêtes se désaltèrent pendant que Louise court vers le campement. Une bonne journée!

Après une nuit froide, Louise se réveille transie mais heureuse et décidée à pousser une dernière pointe plus au sud avant d'entreprendre le voyage de retour. À mesure qu'elle s'enfonce dans les bois, ses espoirs se confirment. Il y a là de quoi nourrir ses scieries pour les prochaines décennies. Elle peut rentrer maintenant.

Pendant que les deux charpentiers, habiles et efficaces, transportent le matériel au canot, elle jette un dernier regard sur les lieux, pour bien s'en imprégner et être en mesure de les défendre contre tout intrus. Ils lui appartiennent déjà; le reste n'est que pure formalité. Elle part rejoindre ses compagnons de voyage, mais ceux-ci reviennent vers elle en courant.

— Des Agniers! crient-ils sans s'arrêter. Ils nous ont vus; ils vont accoster. Cachez-vous, nous allons essayer de les éloigner...

Ils n'ont pour se défendre qu'un couteau de chasse. Ce sont des charpentiers, des artisans, pas des guerriers. Louise voudrait les suivre, mais elle leur enlèverait toute chance d'échapper à leurs poursuivants. Elle avise un fourré plus dense que les autres, traversé par un arbre immense jeté à bas par la foudre. Elle s'y glisse, s'y enfouit au milieu des ronces, le visage griffé par les branches sèches. Ainsi camouflée, elle attend, le cœur serré, le souffle court, en sueur malgré le froid. Des araignées grimpent le long de ses jambes. Des fourmis grouillent sur ses bras. Tout son corps envahi, captif... Elle voudrait bouger, se débarrasser de ces milliers de pattes velues qui la prennent d'assaut, mais des voix la figent sur place. Des mots qu'elle ne comprend pas lui parviennent clairement tandis que des pas feutrés comme ceux d'un chat en chasse font frémir les feuilles au-dessus d'elle. Ils sont nombreux. Elle capte l'odeur de la graisse d'ours sur leurs corps, une odeur musquée, puissante, dégoûtante. Puis les pas et les voix s'éloignent, et elle reste là, incapable de bouger, avec dans les oreilles le battement assourdissant de son cœur qu'elle n'arrive pas à contenir. Les secondes deviennent des heures et redeviennent des secondes. Le temps s'emballe au rythme de ses pensées incohérentes puis se pétrifie dans les affres de la peur. Elle n'entend plus la pie juchée superbement au-dessus du monde, ni le vent, ni les craquements des arbres, ni les rages des écureuils. Elle n'entend rien de ce qui n'est pas sa peur.

Des cris puis des pas la rejoignent enfin, et de les savoir là, tout près, la ramène à la vie. La même odeur infecte qui rampe jusqu'à elle. Mais les Agniers ne s'attardent pas; ils retournent à leurs canots. L'odeur suffocante persiste un long moment, puis la forêt tout entière sombre dans l'hébétude. Les derniers reflets du jour s'effacent dans la clairière hypnotisée et les ombres de la nuit s'engagent dans une gigue endiablée. Des coyotes hurlent quelque part, très loin; un hibou appelle. Les arbres se penchent et leurs branches se transforment en êtres difformes, sans bras ni jambes, aux visages grimaçants. Des rives du lac montent des monstres hideux aux longues chevelures noires. Leurs corps huileux luisent sous les rayons pâles de la lune d'où s'échappent d'énormes gouttes de pluie rouges. Du sang... Partout... Tous les visages ont pris la couleur du sang. Le liquide gluant emplit les bouches, les gorges, les poumons, se fraie un chemin jusqu'aux cœurs. Louise veut fuir, se vider de ce sang qui l'empoisonne elle aussi. Des lianes s'enroulent autour de son cou, des branches qu'elle repousse de toutes ses forces, avec de grands gestes désordonnés, agrippent ses vêtements. Le sang sur sa main... Il faut fuir. Courir... Se laver de tout ce sang. Ankylosée, elle s'extirpe difficilement de sa cache. Une pluie froide tombe sur ses membres roidis. Le jour perce la voûte d'arbres au-dessus d'elle. Mais de quel jour s'agit-il? Affaiblie, elle marche gauchement jusqu'aux corps ensanglantés de ses deux compagnons. De leurs crânes mis à nu coule un magma de sang et de boue. Louise détourne les yeux, incapable de supporter plus longtemps toute cette cruauté. Après un moment de prostration, elle trouve dans cette aberration même la force de réagir. Il faut vivre pour contrer la barbarie. Son existence devient soudain indispensable, une victoire nécessaire sur la bestialité. Péniblement, elle descend vers le lac Champlain. Les Indiens ont tout pris: le canot, les vivres et le matériel. Louise emprunte un sentier qui longe la rive, en restant à couvert et en scrutant le lac constamment. Elle avance pendant des heures en gardant toujours la même cadence, exténuée, trempée jusqu'aux os, affamée, mais confiante de s'en sortir à cause des forces insoupçonnées qui s'agitent en elle.

Vers midi, la pluie cesse enfin et un soleil bienfaisant réchauffe l'air. L'eau claire d'une source, des concombres sauvages et de l'ail des bois déterrés fébrilement lui donnent la force de reprendre le sentier, toujours le même, les mêmes pierres, les mêmes arbres. Opiniâtre, elle avale la route à petits pas jusqu'à une clairière où se dresse une hutte de planches et de terre glaise. Elle s'approche discrètement et écoute, méfiante, mais aucun bruit ne lui parvient. Elle pousse la porte, prête à fuir au moindre mouvement suspect. La cabane est déserte. Un foyer de pierre à chaux noire qui semble ne pas avoir servi depuis très longtemps lui rappelle combien elle a froid et faim. Elle se blottit près de l'âtre, comme si le souvenir des feux qui ont déjà ré-chauffé la hutte pouvait la tenir au chaud, et elle sombre, inconsciente, dans un univers inhabité, vide et silen-cieux.

— Mademoiselle de Ramezay! Mademoiselle! Réveillez-vous...!

Elle a un mouvement de recul aussitôt remplacé par un grand élan de joie. Jean Chartier, inquiet, est venu à sa recherche. Elle savait qu'elle s'en sortirait.

Pressée de rentrer à Montréal avant que la nouvelle de son aventure ne se répande, Louise a refusé de voir un médecin et même de prendre quelques jours de repos à Chambly. Elle veut s'assurer que les faits seront rap-portés avec exactitude et limiter les fabulations quasi inévitables en de telles circonstances. Elle connaît l'ap-pétit insatiable de ses concitoyens pour les racontars et les rumeurs et compte bien ne pas donner prise à leurs penchants. Seule la mort de ses compagnons réclame souvenance, le reste n'est qu'avatar sans intérêt.

Dans la maison désertée, rue Bonsecours, sa chambre devient un royaume. Elle se jette sur son lit douillet, s'y prélasse un long moment, dans la soie et les plumes, en soupirant d'aise. Elle n'en finit plus d'étendre bras et jambes, de rouler sur elle-même, d'enfouir son visage dans la fraîcheur des draps en ronronnant comme une chatte en chaleur. Il lui faudrait enlever cette robe beaucoup trop voyante qu'on lui a aimablement prêtée, prendre un bon bain chaud, manger un peu. Elle rêve de chocolat chaud et de pain frais abondamment recouvert de mélasse. Puis dormir. Dormir... Mais une tâche plus urgente que tout cela l'oblige à s'extirper de son lit et à se rendre péniblement à sa table de travail. Elle trempe sa plume dans l'encrier et trace, de sa belle écriture large et anguleuse, les mots qui lui trottent dans la tête depuis qu'elle a mis les pieds sur la concession du lac Champlain.

    M. le Gouverneur,

    Je prends la liberté de représenter à Votre Grandeur le travail de colonisation déjà amorcé sur les seigneuries de Bourgchemin et de Monnoir. Douze colons sont maintenant installés dans la première et plus d'une cinquantaine, avec femmes et enfants, dans la deuxième, autour des moulins à scie que j'ai fait construire. Il en sera bientôt de même dans la seigneurie de La Livaudière, où j'exploite un autre moulin en association avec M. Jean Chartier. Vous n'êtes pas sans savoir les nombreuses difficultés d'approvisionnement auxquelles ont à faire face les propriétaires de moulins. Je vous demande donc, en considération des 35 années de service de feu mon père et des services rendus par ma famille à la Nouvelle-France, de bien vouloir m'accorder une concession sur le lac Champlain, au sud de la seigneurie de Beaujeu, afin que je puisse exploiter à bon escient les nombreuses ressources forestières de ce territoire.

    J'ai l'honneur d'être avec un sincère attachement,

Monsieur,

Votre très humble et très respectueuse servante,

Loüise de Ramezay

Satisfaite, Louise peut enfin s'occuper d'elle-même. Elle a à peine terminé sa toilette lorsque arrive Antoine. D'une humeur massacrante, trop impatient pour la laisser s'expliquer, il explose:

— Tu devais rester partie deux semaines tout au plus et tu reviens après un mois! Sans aucune explication, bien sûr.

— J'ai eu de petits ennuis...

— Et je ne dois rien dire, évidemment. Surtout, ne rien demander, ne pas poser de questions. Mlle de Ramezay ne fait jamais de concessions, c'est bien connu. Il faut la prendre quand elle est là et l'attendre quand elle n'y est pas. Voilà à quoi se résument mes droits.

— Je vais t'expliquer...

— Ce n'est pas nécessaire. Tu auras de très bonnes raisons, comme toujours. Un moulin qui ne fonctionne pas, un contrat à signer, un acheteur ou un vendeur à rencontrer. Tout pour les moulins! Comme si ta vie en dépendait. Et s'il te reste du temps, tu vois le gentil et patient Antoine. Je ne supporte plus de passer après tes moulins...

La tristesse a succédé à la hargne. Penaud, désespéré, il voudrait qu'elle le prenne dans ses bras, qu'elle promette de le rendre heureux, toujours, de ne vivre que pour lui. Il voudrait tout et rien. Sa voix, son corps, son esprit. Qu'elle l'aime avec l'abnégation d'une mère, avec la complicité d'une sœur, avec la passion d'une amante. Il voudrait en même temps n'avoir rien dit, se satisfaire de ce qui était, oublier le reste du monde. Qu'elle l'aime à sa façon à elle, mais qu'elle l'aime encore. Le temps ne compte pas vraiment. Rien ne compte. Elle se tait et son silence le glace comme la gifle cinglante d'un grand nordet. « Touche-moi, mon amour, balaie le chagrin d'un grand geste de la main, ris en relevant la tête. Je t'aime quand tu ris. Je te désire quand tu ris. Pardonne-moi... »

— Mes moulins sont toute ma vie. Ils passent avant tout. Je croyais que tu avais compris.

Elle n'a pas bien joué son rôle; elle n'a pas dit les mots qu'il fallait. Elle n'a rien entendu de ce qu'il n'a pas osé dire. Rien de ses appels au secours. Il claque la porte sur le malentendu.

Une semaine plus tard, l'immense lassitude dont Louise n'arrivait pas à se dépêtrer depuis son retour s'est muée en une forte fièvre accompagnée d'une toux sèche. Le docteur Feltz, mandé d'urgence par Angélique malgré les réticences de la malade, diagnostique une pleurésie.

— Il faudra la tenir sous l'effet des sudorifiques pendant huit ou dix heures, après quoi je lui ferai une saignée, explique-t-il avec un fort accent allemand.

Esquintée par la toux et un point de côté qui la tenaille, Louise se laisse prendre en charge par sa sœur.

Angélique a le geste tendre et la voix douce. Toute son attitude communique son calme et sa foi. Louise comprend maintenant tout le bien-être qu'elle doit procurer, jour après jour, aux indigents qu'on lui confie.

Le premier traitement n'ayant apporté aucun soulagement, on a dû tout reprendre à plusieurs reprises, ce qui a anémié considérablement la malade.

Le médecin rassure Angélique.

— Elle a une constitution très forte et son état général est bon. *Sehr gut!* La guérison peut être longue, mais je ne m'inquiète pas trop. *Es geth...*

Ces mots réconforteraient Antoine s'il pouvait les entendre. Depuis des jours, le jeune homme se morfond d'inquiétude et de regrets, surtout depuis qu'il connaît toute l'histoire. Il n'ose pourtant pas se présenter chez sa maîtresse. Dans les circonstances, il n'aurait aucune excuse valable pour expliquer sa présence. Il grapille donc des renseignements ici et là, se réjouissant ou se désespérant selon le degré d'optimisme de ses interlocuteurs.

Après des jours d'incertitude, n'y tenant plus, il se décide à frapper à la porte des demoiselles de Ramezay en comptant sur sa bonne étoile pour trouver rapidement un prétexte plausible. Claudine lui répond.

— Puis-je voir Mlle Louise de Ramezay?

— C'est impossible, elle est très malade.

— Est-ce grave?

La compassion évidente du jeune homme suscite chez la domestique un désir d'épanchement.

— La pauvre demoiselle nous fait une pleurésie. Le docteur lui donne des potions mais ça n'agit pas beaucoup. Et toutes ces saignées vont la faire mourir plus sûrement que la maladie. Que Dieu nous vienne en aide! Ça me chagrine tant de la voir dans cet état! Notre pauvre demoiselle si vaillante et que les Sauvages ont bien failli nous tuer!

Antoine s'avance d'un pas. Il a un pied dans la maison.

— Puis-je la voir? S'il vous plaît... C'est important.

— Mon pauvre petit monsieur, c'est impossible. Et même si je vous permettais d'entrer, Mlle Angélique ne vous laisserait pas aller bien loin.

— Écoutez, j'ai une bonne nouvelle pour elle, une très bonne nouvelle. Elle m'avait demandé de chercher un tableau auquel elle tenait beaucoup et je l'ai enfin retrouvé. Je suis sûr que la nouvelle va la réjouir et même l'aider à guérir.

— Je peux lui faire le message.

— Oh non! Surtout pas! C'est un secret. Elle m'a fait jurer de n'en parler à personne. Je crois qu'elle veut faire une surprise à sa sœur. Seules les circonstances très particulières et la confiance que vous m'inspirez m'ont obligé à trahir ce secret. Vous êtes la seule à être au courant.

Flattée et séduite par la complicité qui la lie à ce charmant jeune homme, Claudine le laisse entrer.

— Venez, je vais voir ce que je peux faire. Si ça peut mettre un peu de rouge sur les joues de notre malade, ça vaut la peine d'essayer.

À la porte de la chambre, Angélique, surprise et scandalisée, refuse comme prévu de laisser entrer le peintre.

— Voyons, Claudine! Qu'avez-vous pensé? C'est d'une inconvenance!

Réveillée en sursaut par toutes ces discussions, Louise s'enquiert auprès de sa sœur, qui la rassure:

— Ce n'est rien. Quelqu'un qui voulait te voir; je lui ai dit de revenir un autre jour.

— Qui est-ce?

Électrisé par la voix de Louise et son désir irrépressible de la voir, Antoine crie, à travers la porte entrebâillée:

— C'est moi, mademoiselle, Antoine Dufresne. J'ai des nouvelles du tableau dont nous avons parlé. De bonnes nouvelles.

Louise sourit devant l'audace du jeune homme. Son amoureux dissipé, son grand amour aux mains tendres, aux bras si forts. Son homme aux rêves d'enfant. Elle joue le jeu.

— Laisse-le entrer, murmure-t-elle.

— Mais...

— C'est important, très important...

Angélique cède à contrecœur. Les amants se regardent et se taisent car les mots ne sauraient rendre l'intensité du désir. Ils s'abandonnent l'un à l'autre dans le silence et l'immobilité. Angélique, mal à l'aise, va et vient dans la piece, déplace des fioles, range un vêtement. Leur étrange silence l'emmure. Elle se sent prisonnière et s'active pour échapper à cette curieuse folie.

— Il faudrait vous presser, monsieur.

Antoine ne répond pas.

— Monsieur, il faudrait vous presser.

Le peintre s'ébroue, comme un jeune chien après la baignade, les yeux toujours accrochés à ceux de Louise, un sourire sur les lèvres, aussi tendre qu'un baiser.

— Rien ne presse, dit-il. Je reviendrai...

À peine quelques jours plus tard, Angélique trouve sa sœur, hier encore très souffrante, toilettée et prête à sortir.

— Tu ne vas quand même pas aller à cette soirée! Tu tiens à peine sur tes jambes!

— Je dois y aller. Le gouverneur sera là et je dois absolument lui parler.

Angélique hausse le ton.

— Mais regarde-toi! Tu es toute pâle.

— Je vais mettre un peu de poudre. Ça me donnera des couleurs.

— Je ne comprends pas...

— C'est pour les moulins. J'ai envoyé une lettre au gouverneur et je dois absolument avoir une réponse. Et le plus tôt possible. L'exploitation des moulins de La Livaudière et de Monnoir en dépend.

— Mais tu es malade...

— Je me sens très bien... Grâce à toi, d'ailleurs. Je te remercie pour toutes ces heures que tu as passées auprès de moi. Je t'en suis très reconnaissante.

— Alors, reste ici. Ne sors pas ce soir. Je ne veux pas avoir fait tout cela pour rien. Je crains une rechute.

— Ne t'inquiète pas. Je suis guérie. Ça fait des jours que l'on me dorlote. Il est temps que je recommence à vivre normalement, sinon je finirai par y prendre goût.

Angélique ne comprend rien à cet entêtement; il la froisse, heurte sa conception de la vie, ce cadeau du ciel à préserver à tout prix.

— Dans ces conditions, dit-elle sèchement, je crois bien que tu n'as plus besoin de moi.

Quelques minutes plus tard, elle quitte la maison, non sans avoir discrètement recommandé à Claudine de veiller sur Louise et de la prévenir à la moindre alarme. Elle n'a pas encore atteint la rue Notre-Dame que déjà Antoine, profitant de la surdité de Claudine, se glisse furtivement jusqu'à la chambre de la convalescente. Ces manœuvres d'adolescent pour lesquelles le jeune homme déploie des ruses de plus en plus savantes amusent Louise. Elles apportent à sa vie un élément de fantaisie qui la ragaillardit. L'amour se porte mieux quand il a à finasser avec le raisonnable. Il se nourrit à même les contrariétés, s'épanouit dans la conspiration. Ces rendez-vous clandestins l'attendrissent et l'excitent tout à la fois.

Heureux de la voir reprendre des forces, Antoine la serre dans ses bras, l'embrasse, la chatouille, s'amuse de ses protestations.

— Enfin, tu retrouves tes couleurs! Nous allons pouvoir terminer ce tableau et je n'aurai plus à me cacher pour venir te voir.

— Tu n'auras jamais mis tant de temps à terminer un tableau. Tu vas sûrement perdre tous tes clients. Personne ne voudra engager un peintre aussi lent.

— Je suis lent, mais je travaille bien, objecte-t-il en la jetant sur le lit. Ce n'est sûrement pas toi qui iras te plaindre de mon perfectionnisme.

Il la tient là, prisonnière de ses désirs. Possédée.

— Toute une soirée pour nous, murmure-t-il. Je vais te soigner, te bichonner.

— Je dois sortir.

Il ne la croit pas.

— Madame va danser, peut-être? demande-t-il, moqueur.

— Non, je vais à un dîner chez M. Beaucours. M. de Beauharnois y sera et je dois le voir.

Il l'embrasse, indifférent à ses explications, enlève le peigne de nacre qui retenait ses cheveux.

— Eh bien, tu le verras une autre fois, ce cher M. de Beauharnois.

— Ça ne peut pas attendre. Je dois obtenir cette concession sur le lac Champlain dont je t'ai déjà parlé.

Elle ne joue plus. Il le devine à sa voix, bien qu'il arrive à peine à y croire.

— Ta santé importe plus que tes moulins, implore-t-il. Et moi aussi.

Elle ne répond pas. D'ailleurs, ce serait inutile. Il ne comprendrait pas. Son mutisme obstiné ébranle le jeune homme plus sûrement qu'un long discours.

— Tu n'es pas une femme, Louise de Ramezay! Tu ne seras jamais qu'une vulgaire marchande de bois. À qui veux-tu prouver quelque chose? Quelle maladie te ronge le cœur? Tu n'es qu'une vieille fille! Une vieille fille aigrie, desséchée, qui trouve plus de jouissance à faire marcher des moulins qu'à faire l'amour.

Il s'éloigne d'elle, le regard méprisant, à la fois révolté et apeuré par sa détermination farouche. Intraitable, elle ne cherche pas à le retenir, malgré la brûlure malicieuse qui lui taraude le ventre.

La soirée chez M. Beaucours n'a rien donné. Le gouverneur a dû conserver ses fonctions plus longtemps que prévu, son successeur, le marquis de La Jonquière, ayant été fait prisonnier par les Anglais au large des côtes espagnoles. Il tente du mieux qu'il peut de faire face à cette situation inattendue, mais, sollicité de toutes parts, inquiet des réactions des Indiens, prié par le ministre de régler au plus tôt le litige concernant l'Hôpital général de Montréal, il a peu de temps à accorder aux demandes personnelles, surtout aux demandes de concessions. Il s'intéresse d'ailleurs beaucoup plus à la mésaventure de Mlle de Ramezay qu'à l'expansion de ses scieries.

Contrainte de raconter encore une fois l'attaque des Agniers et le massacre de ses deux compagnons, Louise a douloureusement revécu toute l'horreur du drame. Elle est rentrée tôt ce soir-là, fiévreuse, épuisée, écœurée.

Quelques jours plus tard, assise dans le petit salon, elle regarde son portrait inachevé. Le visage souriant d'une femme jeune et belle. Le peintre a oublié les rides; il a ajouté du velours dans les yeux, a adouci la courbe du menton. Cette femme-là, irréelle, n'existe plus. Antoine n'a pas dessiné son visage, il a peint son âme enfouie dans les replis de l'enfance, abandonnée dans le creux d'un souvenir, dans la douceur d'un rêve. Il a remonté le temps, effacé les blessures et découvert ce qu'elle aurait dû être, ce qu'elle aurait pu être. « Je ne suis pas celle que tu croyais connaître. Cette femme-là est morte il y a longtemps et seuls les yeux d'un peintre, un moment amoureux, pouvaient encore la deviner. Tu ne la retrouveras jamais, Antoine. C'est une femme de papier, froissée par le temps. Il y a eu méprise. Il ne fallait pas rêver d'elle. »

Il n'est pas revenu depuis l'esclandre de l'autre soir. Il a disparu. Elle a eu beau marcher dans la ville, hanter le Champ-de-Mars, se renseigner discrètement, déambuler place du Marché aux heures d'achalandage, elle ne l'a plus revu. Elle n'a pas poussé l'audace jusqu'à le poursuivre sur la montagne, dans son repaire. Il existe des sanctuaires inviolables. Alors, elle reste seule. «Tu n'es pas une femme... » Il a donc oublié si vite les spasmes de son corps quand il jouissait en elle, le mouvement de ses reins, le feu sur ses joues? Comment a-t-il pu oublier ses cris, la peau ruisselante de leur sueur mêlée? «Tu as vraiment oublié, Antoine? Antoine... »

Elle se lève et quitte résolument la petite pièce. Il y a tant à faire... D'abord Québec où une cérémonie officielle soulignera l'arrivée de Roland-Michel Barrin, marquis de La Galissonière, chargé par intérim du gouvernement de la Nouvelle-France. Louise a insisté auprès de Roch pour qu'il lui obtienne une invitation. Elle veut tenter sa chance auprès de cet officier de marine dont la réputation d'érudit réjouit déjà la colonie. Il l'entendra peut-être et, si la prospérité de la Nouvelle-France lui tient à cœur, il acceptera de lui concéder la forêt qu'elle réclame sur les rives du lac Champlain. Il faut profiter pleinement de cette richesse immense, inépuisable. Il faut y consacrer temps, argent et énergie, pour l'avenir même du pays. Les scieries se multiplient depuis vingt ans. C'est donc que la demande s'est amplifiée. Partout, autour des scieries, des colons s'installent, la vie s'organise, le pays s'agrandit. L'industrie du bois donne du travail à quelques centaines d'employés, des bûcherons aux scieurs. Les besoins existent, les ressources également, et il ne manque que le bon vouloir des autorités pour insuffler une vigueur nouvelle au marché. Il faut défendre le bois canadien en Europe, former une main-d'œuvre compétente, construire de plus en plus de navires, ici même au Canada, et les obliger à transporter le bois du pays afin d'éviter que ce bois ne pourrisse sur les grèves de la Nouvelle-France.

Le marquis de La Galissonière hoche la tête, poliment. L'homme, dans la cinquantaine, est petit, légèrement bossu, mais son charme indéniable et l'intelligence qui transparaît dans ses yeux avant même qu'il ne prononce une parole transcendent sa disgrâce. Il a écouté avec beaucoup d'intérêt la plaidoirie de Mlle de Ramezay, fille de feu Claude de Ramezay, gouverneur de Montréal, et sœur de Roch de Ramezay, héros des campagnes d'Acadie. Il sympathise avec les problèmes des propriétaires de scieries, il approuve les initiatives, félicite, interroge du regard, mais remet à plus tard le moment de prendre une décision quant à la concession réclamée.

— Vous comprendrez, chère demoiselle, que mes premiers efforts seront dirigés vers la protection de Montréal. Je ne voudrais pas que des incidents comme celui dont vous avez été victime se reproduisent. Il faut avant toute chose assurer la sécurité des habitants de ce pays. Soyez cependant assurée que je prends en considération votre demande et l'étudierai en temps et lieu.

De retour à Montréal après un voyage interminable et ennuyeux, Louise lutte contre l'impression accablante d'avoir perdu une bataille. Plus vulnérable à la fatigue et au découragement depuis sa maladie et le départ d'Antoine, elle rentre à la maison sans rien voir de l'automne, sans entendre les cris de rassemblement des oiseaux.

Angélique sortait.

— Nous emménageons bientôt à l'Hôpital général. Il y a tant à faire.

C'est vrai. L'Hôpital général appartient enfin à Marguerite d'Youville et à ses compagnes. Les religieuses jubilent et s'activent à la préparation du bâtiment. Elles veulent y transporter le plus tôt possible leurs quelques biens, de même que les neuf pauvres dont elles s'occupent. Marguerite d'Youville, confinée à sa chambre à cause d'une douleur au genou, compte sur toute l'aide disponible pour emménager dans les plus brefs délais.

— Ah! j'oubliais. Le peintre est venu plusieurs fois. Je lui ai permis de s'installer dans le petit salon. Je crois qu'il voulait encadrer le tableau, ou quelque chose comme ça. Je ne sais plus. Il va sûrement revenir. Il semblait pressé de te voir. À ce soir...

Louise se dirige lentement vers le petit salon. Religieusement. Comme une mariée vers l'autel. Avec juste ce qu'il faut d'appréhension pour donner tout son sens au rituel. Elle va retrouver Antoine, son odeur, ses pinceaux, son âme, leur secret. Il ne pouvait pas avoir oublié...

En ouvrant la porte, elle éprouve la déchirure barbare au creux de la poitrine, là où douleur et extase se rejoignent parfois. Pliée en deux, elle ne peut rien contre les mains d'Antoine qui griffent, écorchent, lacèrent. Des lames haineuses lui traversent le ventre. Elle ne sait plus jusqu'où elle a mal, la douleur ayant dépassé les limites du supportable. Ce visage déchiqueté, c'est le sien; ces vêtements déchirés, elle les a portés pour lui plaire. Il avait doucement replacé le collet de dentelle et fait un pli dans le corsage pour créer le mouvement. Cet être mis en pièces, c'est ce souvenir d'elle, ce possible d'elle révélé par Antoine et qu'elle apprenait peu à peu à aimer. Antoine a tout détruit à grands coups rageurs. Des balafres au visage, la robe en lambeaux. Le couteau n'a rien épargné. Louise croise les bras sur sa poitrine. Elle appuie très fort sur son cœur qui bat à tout rompre. Se protéger... Échapper à ces relents d'hostilité qui empuantissent la pièce, à cette fureur qui la blesse, la tue. Anéantie, elle tombe à genoux, se recroqueville sur sa douleur. Elle reste là, immobile, assiégée, incapable de penser. Seule.

La pluie ne cessera donc jamais... Tendre et douce, sans colère, comme une musique sur les toits. Un rappel.

Angélique exulte, enfiévrée par l'été indien, le soleil, les couleurs somptueuses qui parsèment la ville. Elle ne voit donc pas la pluie obsédante dégouliner en bavures immondes le long des fenêtres, courir dans les rues, tomber en trombe des arbres ballottés par le vent, inonder le jardin, jeter ruisseaux et rivières hors de leur lit, étouffer, submerger, noyer?

Angélique rit, offerte aux galanteries du soleil, pendant que Louise suffoque, les poumons oppressés par la pluie.

— Si tu voyais dans quel délabrement les frères Charon ont laissé l'hôpital et dans quelle misère vivaient les pauvres hères qui restaient là. Le travail ne manque pas!

Délabrement...

Louise essaie de s'intéresser sans y parvenir, mais Angélique continue, surexcitée. Les religieuses nettoient, récurent, réparent. Le bâtiment vétuste ne tenait plus que par miracle. Marguerite d'Youville, qu'on a dû transporter en charrette à cause de son genou, a pleuré en voyant l'état lamentable des quatre malades. L'abbé de l'Isle-Dieu a accepté de l'aider à clarifier la situation financière de l'établissement. Une situation qui semble inextricable. Le chaos total! Des dettes qui n'en sont pas; des quittances irrégulières signées par des personnes non autorisées, ou pas signées du tout. Il faudra du temps avant de sortir de cette confusion.

— Tu devrais venir y jeter un coup d'œil, propose Angélique. Tu as l'habitude de toute cette paperasse.

— ...

— Louise! Tu m'écoutes?

— Pardon.

— Tu devrais venir à l'hôpital. Mère d'Youville apprécierait ton avis.

— Je ne pourrai pas...

Angélique, froissée, la quitte sur cette recommandation:

— Va tout de même un peu dehors. Le grand air pourra peut-être t'éclaircir les idées.

Le grand air la débarrasse de la pluie qui coulait dans ses veines mais sans y ramener le sang. Le grand air ne détient pas tous les pouvoirs... Il y a pourtant juste ce qu'il faut de vent, juste ce qu'il faut de soleil, juste ce qu'il faut de mouvement. Mais c'est en elle que règne la démesure. Deux passions, deux désirs inconciliables. Retrouver Antoine, le supplier de revenir, tout en sachant qu'il gruge sa liberté et qu'elle ne lui appartiendra jamais totalement. Femme de défis, de forêts et d'aventures, elle ne peut payer à l'amour son dû de contemplation. Elle n'a à lui offrir qu'une ardeur rançonnée par d'autres appétits que d'aucuns qualifieront d'ambition et d'orgueil, mais qu'elle appelle survie. Elle ne se contentera jamais d'exister par les yeux d'un autre. Elle a besoin de sentir la vie qui germe au cœur d'elle, court dans ses veines, explose.

Place du Marché, les acheteurs déambulent sans se presser en jouissant des dernières belles journées et des dernières récoltes. Louise traverse la place sans s'arrêter. De se sentir en mouvement la rassure. D'un pas rapide, elle s'engage sur le petit pont étroit qui enjambe la rivière Saint-Pierre et elle arrive à la pointe à Callière. Elle se dirige ensuite vers l'Hôpital général en longeant le cours d'eau.

La bâtisse en impose malgré sa vétusté. Le bois et les pierres, maltraités par les intempéries et le temps, témoignent des piètres qualités d'administrateur du frère Chrétien. Depuis la mort du frère Charon, fondateur de l'établissement, il a irrémédiablement mené l'hôpital à la faillite. Construit en pierres des champs avec des encadrements d'ouverture en pierres de taille, l'édifice aligne symétriquement ses sept travées de fenêtres à deux battants et à petits carreaux. Du toit à pignon jaillissent de petites lucarnes, comme des vigies ouvertes sur le monde. Le bâtiment de droite, couronné d'un clocheton surmonté d'un coq, abrite la chapelle.

Louise hésite un moment, mais une pulsion mystérieuse l'attire vers l'édifice. Elle bat le heurtoir, d'abord timidement puis avec plus de vigueur, mais personne ne lui répond. Elle pousse donc la lourde porte et pénètre dans le bâtiment délabré. Une odeur de moisissure la prend à la gorge et l'oblige à aspirer l'air à petites bouffées pour échapper à la nausée. Elle s'avance de quelques pas. Un homme sans âge la regarde, les vêtements en loques, les cheveux sales. Il la regarde sans la voir, son regard dément habité par des orages. Louise emprunte un long couloir. Le plancher de chêne craque sous ses pas. L'homme la suit, comme on suit une musique sans savoir où elle va nous entraîner. Leurs pas se rejoignent à travers le bois.

— Monsieur Macé! Enfin je vous trouve!

Une religieuse, revêtue du costume couleur de taupe des sœurs de la Charité et sortie de nulle part, accroche l'idiot par le bras et l'entraîne avec fermeté. Louise reconnaît Catherine Cusson, une des plus fidèles compagnes de Marguerite d'Youville.

— Je cherche ma sœur, mademoiselle...

— Vous la trouverez là-bas, dans la grande salle au bout du couloir.

Le chant des religieuses s'élève comme une litanie au-dessus des laideurs du monde. Une mélopée aux tendres modulations ciselées par l'amour et la foi.

M. Macé rejoint un autre pensionnaire aux yeux hagards auprès de qui s'affaire une jeune religieuse. Le malade vient de manger; elle lui essuie le visage, passe un peigne dans ses cheveux, prend sa main en souriant. Jaloux, M. Macé la tire par la manche; il réclame lui aussi sa ration de tendresse.

— Merci d'être venue, lui murmure Angélique en lui mettant un torchon dans les mains. Nous manquons de bras. Cet après-midi, nous entreprenons le nettoyage des salles.

Louise suit les religieuses, elle-même suivie par les malades, jusqu'à une salle répugnante où rien n'a été épargné. Avant de s'attaquer à la saleté, elles installent les pensionnaires par terre dans un coin. Démunis et dociles, ils ne savent qu'attendre. Ou pleurer. Comme des enfants fragiles qu'un chagrin gruge de l'intérieur.

Tout en astiquant du mieux qu'elle peut, Louise les observe, mal à l'aise. Leur existence même l'étonne, la dérange sans qu'elle sache pourquoi. L'un d'eux s'agite. Une religieuse l'entraîne aussitôt vers l'extérieur, où il pourra satisfaire ses besoins. Elle le guide comme un aveugle. Sans elle, il serait plus misérable qu'un animal blessé, couché dans ses excréments.

En rentrant à la maison, après une journée harassante, Louise a du mal à se défaire des images lugubres imprimées dans sa mémoire. La détresse de ces indigents la hante jusque tard dans la nuit. Jusqu'à ce qu'elle comprenne qu'ils représentent ce qu'elle craint le plus: la dépendance et l'asservissement.

Elle sait maintenant qu'elle ne dépendra jamais de personne. À aucun prix.

Antoine a quitté le pays. On ne le voit plus, le pinceau à la main, croquer prestement des coins de ville pour les revendre aux passants. Montréal a perdu un témoin de son histoire mais personne ne semble l'avoir remarqué. Les gens vaquent à leurs occupations coutumières, les saisons s'installent, les unes après les autres, indifférentes. Même Louise arrive parfois à oublier. Et la douleur s'estompe en même temps que le souvenir. C'était jadis. Une histoire tendre qui n'a pas su bien finir.

Le vent écarte les pans de son manteau. Elle les rabat sur elle, frileusement. À peine un coin de rue encore à franchir et déjà le froid la saisit tout entière. Elle presse le pas et pénètre chez M. Varin, aussitôt suivie par Geneviève, Élisabeth et son époux, Roch, son épouse et sa fille.

Les arrivants s'ébrouent, battent des pieds pour se réchauffer et se dépêtrer de la neige collée à leurs semelles. Soulagés de leurs manteaux, ils suivent un domestique en livrée qui les mène à la salle de bal, où les reçoit M. Bigot lui-même. Arrivé à Montréal depuis à peine quelques jours, celui-ci multiplie les cérémonies, les dîners et les bals. M. de Longueuil, qui vient tout juste d'être nommé gouverneur de Montréal, a reçu l'intendant avec tous les honneurs qui lui sont dus, encouragé en cela par le marquis de La Galissonière, lui-même en ville depuis peu.

La paix signée en octobre à Aix-la-Chapelle laisse présager des jours meilleurs et chacun s'entend à reprendre le temps perdu. Bien que les tensions demeurent et que d'âpres discussions soient entamées entre les diverses instances pour délimiter le territoire, la noblesse s'accorde le droit de boire et de danser. L'arrivée de Bigot, avec sa grandiloquence et son goût du faste, encourage les fêtards. Les bals se succèdent donc, de la brunante au lever du soleil. Des carrioles sillonnent la ville une partie de la nuit, conduites à grands cris par des jeunes ayant le goût de se distraire. Le clergé se désespère, de même que les habitants plus paisibles, mais les menaces n'y font rien. L'heure est à la fête. On courtise d'un même souffle femmes et puissants pour profiter le plus possible des bienfaits de la paix et de la prospérité retrouvées.

Satisfait, M. Bigot observe les danseurs, les mains jointes devant sa poitrine. Il danse peu, deux ou trois menuets par soirée, tout au plus. Louise s'approche et l'entretient un moment de l'hiver capricieux tout en louangeant d'avoir interdit les glissades dans les rues de Québec. L'intendant l'écoute, poli, sans répondre. Il ne veut rien perdre du spectacle des couples évoluant sur la piste.

Les conversations s'entrecroisent, aussi légères que la musique. Les invités, isolés du reste du monde, l'espace d'une danse, oublient tous leurs soucis.

— Bonsoir, mademoiselle de Ramezay.

Clément de Sabrevois a un sourire moqueur. Redoutable.

— Monsieur.

Louise salue et veut s'éloigner. Il la retient par le bras.

— Il semble bien que nous serons bientôt associés.

— Que voulez-vous dire?

— Je ne crois pas que votre associé, Jean Chartier, sera en mesure d'honorer ses dettes. Je deviendrai donc très prochainement le nouveau copropriétaire du moulin que vous exploitez sur la rivière Chazy. J'ai d'ailleurs de grandes ambitions. La situation exceptionnelle du moulin nous laisse espérer un développement prodigieux. Il faudra nous rencontrer pour en discuter.

Suffisant comme toujours, il parle déjà en maître des lieux, ravi de l'embarras de son interlocutrice. Louise fulmine, en effet, mais elle refuse l'affrontement public souhaité par son rival. Elle ne jouera ses cartes que sur le terrain. Cette prise de possession n'aura jamais lieu. Elle ne s'était pas inquiétée outre mesure des dettes de son associé, celui-ci l'ayant assurée que tout était rentré dans l'ordre. Depuis deux ans, et cela malgré les difficultés d'approvisionnement, la scierie fonctionne à plein rendement et les contrats ne manquent pas. Bien payé, Chartier aurait dû rembourser le sieur de Bleury depuis longtemps.

Dès qu'elle le peut, Louise quitte la maison de M. Varin et rentre à pied rue Bonsecours. L'air vif la distrait de sa colère. Reste uniquement la volonté farouche de vaincre encore une fois.

Sitôt arrivée, elle s'installe à sa table de travail pour réfléchir, seule dans le silence de la nuit. Chartier se trouve encore aux chantiers. Le rejoindre prendrait des semaines. Impossible de vérifier les propos du sieur de Bleury; il faut donc le croire. Un rapide calcul la mène à un montant approximatif. Si Bleury compte s'approprier la part de Chartier, c'est que la dette équivaut à l'investissement. À partir de ces données, elle sait à quoi s'en tenir. Elle ne dispose pas, pour le moment, de cet argent, mais il lui faut le trouver. Et rapidement.

Pour la troisième fois en trois jours, Claudine la trouve endormie sur le petit divan inconfortable de son cabinet de travail. Depuis le bal donné par l'intendant, sa maîtresse lui semble particulièrement préoccupée, mais, habituée à ses excentricités, depuis le temps qu'elle est à son service, la vieille domestique conserve un flegme remarquable.

— Mme de La Corne demande à vous voir, Mademoiselle.

— Quelle mine tu as ce matin, ma pauvre Louise!

Élisabeth n'a pas attendu la permission d'entrer. Elle envahit la petite pièce, y sème son parfum dans le froufroutement de sa robe d'organdi recouverte d'un mantelet de velours bleu royal qui avive ses traits. Élisabeth n'arrive pas à vieillir.

— J'ai travaillé tard, bafouille Louise, les yeux encore gonflés par le sommeil, le corps endolori.

— Habille-toi vite, je t'emmène chez Mme Bégon.

— Oh non!

— Si!

Louise rechigne. Élisabeth Bégon, veuve depuis moins d'un an de Claude-Michel Bégon, gouverneur de Trois-Rivières, habite rue Saint-Paul depuis quelques mois. Elle qui a longtemps connu le faste des grandes réceptions se contente aujourd'hui de recevoir quotidiennement quelques intimes venus demander un conseil, solliciter un service ou, tout simplement, rapporter les derniers potins. Ne sortant plus que pour accomplir son devoir religieux, elle n'en connaît pas moins tous les dessous de la vie mondaine, au sein de laquelle elle joue un rôle discret mais majeur. Intrigues politiques, faveurs, avancements passent par son salon où Vaudreuil, Bigot, Longueuil et La Galissonière viennent régulièrement. Ils y sont d'ailleurs toujours reçus avec tact et réserve. Estimée, crainte et courtisée, Mme Bégon n'est pas dupe des hommages intéressés et se sert de sa puissance avec lucidité et perspicacité. L'attachement et l'admiration réciproques qui la lient au gouverneur lui valent souvent la visite d'importuns avides de faveurs. Elle doit constamment rester sur ses gardes pour ne pas être manipulée par les uns et les autres.

— J'aime bien parler avec elle, explique Élisabeth. J'ai l'impression d'être au cœur du monde dans son salon. Mais je ne veux pas y aller seule; elle m'intimide.

Un salon austère qui témoigne bien de la volonté de l'hôtesse de renoncer à l'éclat du monde. Rien n'y attire particulièrement le regard. Aucun artifice pour distraire de la conversation. Un lieu de parole où les mots retrouvent tout leur sens. Dans cette atmosphère feutrée, enveloppante, rien ne se perd des gestes, des intentions, des sous-entendus.

Selon son habitude, le marquis de La Galissonière est venu passer une heure avec son amie et confidente. Louise se réjouit de pouvoir lui parler dans la quiétude de ce lieu et elle en profite pour lui réitérer sa demande.

— Je ne crois pas outrepasser mes droits en sollicitant une concession sur le lac Champlain.

— Chère demoiselle, sachez que j'étudierai votre requête en temps et lieu, avec toute l'attention qui lui est due. Mais vous n'êtes pas seule en lice et le choix est difficile. Plusieurs éléments doivent être pris en considération. C'est un endroit stratégique à plusieurs points de vue. La décision ne doit pas être prise à la légère.

Le gouverneur parti, les femmes discourent de choses et d'autres.

— Vous savez que le frère de mon mari est gravement malade.

Tourmentée, Louise, indifférente à la conversation, pense tout haut:

— Je me demande qui peut bien, comme moi, réclamer une concession sur le lac Champlain...

Mme Bégon laisse le silence paver la voie, puis, avec dans les yeux cet air entendu qui rassure ou inquiète ses interlocuteurs, elle reprend la conversation.

— Le sieur de Bleury est lui aussi au plus mal.

— Clément de Sabrevois? demande Louise, surprise et soudain intéressée.

— Non, son frère. Le pauvre homme est arrivé de Chambly se plaignant de douleurs violentes aux jambes. Elles enflent depuis les genoux jusqu'aux pieds et il semble bien que depuis deux jours les bras soient également attaqués. Il souffre énormément.

En regardant Louise intensément, elle ajoute:

— Clément de Sabrevois en est très affecté. On ne l'a plus vu depuis quatre jours; il a même annulé son voyage à Québec.

— Un voyage de négoce? demande Louise sur le qui-vive.

— Oui. Il devait rencontrer M. Corbin. On parle de bâtir un immense vaisseau à Québec. Un gros contrat en perspective. Mais rien n'est encore signé.

Le frimas a figé les arbres le long du chemin du Roy. La glace enferme toute chose sous une armure transparente, fragile et forte à la fois. Les ruisseaux émergent avec peine de leur prison de givre. Un décor de sucre candi où les adultes redeviennent des enfants, où tout rempart érigé par les hommes perd son pouvoir de répression. Décor cristallin qui fait cligner les yeux et tinter les sons. Le voyage s'est déroulé rapidement, sans problèmes, les patins de la carriole glissant avec légèreté et célérité sur les cours d'eau gelés.

Roch et sa famille, en visite à Montréal depuis quelque temps, reviennent eux aussi à Québec où le militaire a été nommé major. Il assumera les fonctions de commandant en second du lieutenant du roi. Son épouse, rassurée par cette nomination, reprend goût à la vie.

— Tu ne te reposes pas un peu? demande-t-elle à Louise qui veut repartir sitôt arrivée.

— Je n'ai pas le temps. Je dois voir M. Corbin et ses associés le plus tôt possible.

Le chantier du Cul-du-Sac, fébrile malgré la saison froide, sent bon le chêne blanc et le sapin.

— Les plans sont terminés, explique David Corbin. Ce sera un bâtiment imposant. Tout est prêt. Les hommes ont été engagés. Ils n'attendent que les beaux jours.

— Je crois être en mesure de vous fournir le bois.

— J'ai déjà eu des offres.

— Mais personne ne peut vous fournir du chêne blanc comme le mien.

— J'ai besoin de quarante-cinq mille pieds cubes de bois tort, de bois droit, de plançons et de bordages.

— Vous les aurez.

— À quel prix?

— Quatre-vingt-un mille cinq cent soixante et onze livres. Vous ne trouverez pas plus avantageux, mais je demande une avance de la moitié du prix avant la livraison.

— Il faudra voir le trésorier de la marine.

— Je peux avoir une lettre de recommandation signée de votre main?

— Bien sûr. Ce sera un plaisir de faire affaire avec vous.

Munie de cette lettre, Louise n'a aucun mal à décrocher le contrat ni à recevoir une avance. Reste à obtenir la concession où se trouvent les chênes blancs promis. Bien décidée à tout mettre en œuvre pour y arriver, elle rend visite sur visite, se sert du titre de son frère pour ouvrir des portes, revoit d'anciens amis de son père, n'hésite pas à se rappeler au bon souvenir des autorités religieuses, met même à contribution les relations de Charlotte, maintenant assistante de la supérieure Marie-Joseph Legardeur de Repentigny. Pas un personnage influent qui n'ait reçu sa visite. À certains, elle offre l'assurance qu'elle fera de cette seigneurie une terre de colonisation; à d'autres, elle présente les avantages innombrables d'une telle avancée vers le sud; à plusieurs, elle offre une possibilité de couper l'herbe sous le pied au sieur de Bleury dont la réussite n'a pas suscité que de l'admiration.

Pourvue d'un nombre impressionnant de lettres écrites en sa faveur et signées par des représentants des grandes familles de Nouvelle-France, Louise, harassée mais confiante, rentre ensuite à Montréal où elle entreprend de harceler tout autant l'intendant Bigot que le gouverneur La Galissonière. Elle assiste à tous les dîners, est de tous les bals, de toutes les soirées. Elle minaude ou discute ferme, selon les interlocuteurs. À la fois femme, aristocrate et marchande, elle arrache les appuis, séduit, convainc.

Début avril, un domaine s'étendant de part et d'autre de la rivière aux Sables jusqu'au lac Champlain est enfin concédé par les autorités coloniales à Mlle Louise de Ramezay, seigneuresse de Monnoir, de Ramezay, de Sorel et de Bourgchemin. La seigneurie de Ramezay-la-Gesse.

TROISIÈME PARTIE

La tourterelle

« *Les êtres les plus accomplis sont les plus agissants et les plus actifs.* »

ARISTOPHILE

La nuit se retire doucement, laissant derrière elle de grandes effilochures de brume. Égarée dans ses souvenirs, Louise de Ramezay avait cru que le jour ne se lèverait plus jamais. Pourtant, elle le devine qui monte de la terre. Elle n'a pas besoin d'aller à sa fenêtre pour voir le ruisseau se glisser entre les pierres. Ou l'arbre mort où le pique-bois a creusé un trou tellement grand qu'il s'y perd. D'ailleurs, elle ne réussirait pas à se lever. Son corps épuisé après cette nuit de veille et de souffrance colle au drap, s'enfonce dans le lit, comme s'il voulait échapper au temps, disparaître. Avec les reflets hésitants du jour reviennent peu à peu les bruits, les voix. Mais la vieille demoiselle ne désire plus les entendre. Une grande quiétude la réchauffe. Elle ne sent plus la froideur de la nuit sur ses épaules malgré le feu éteint. Ni la douleur, enfin apaisée. Distraite un moment par la clarté diffuse, incertaine, elle replonge aussitôt dans ses souvenirs, revient là où la nuit l'avait menée. Elle sait bien que le jour supporte mal les souvenances. Il lui faut se presser.

«Je me rappelle bien cette fameuse journée du mois d'avril 1748 où j'ai enfin obtenu ma concession. Ma concession... Ou c'était peut-être en 1749... De toute façon, ça n'a plus d'importance maintenant. Les années se perdent au profit des jours et des visages. Une pluie froide et un revers de norois après une semaine de redoux avaient fait rallumer les feux. On n'en avait pas encore fini avec l'hiver. Malgré le mauvais temps, je suis allée voir Mme Bégon, lettre en main, et lui ai annoncé la nouvelle. Ce coup d'éclat, je le lui devais en partie. Ses allusions à Clément de Sabrevois m'avaient mise sur la bonne piste. Elle m'a félicitée, brièvement, avec cette réserve méfiante dont elle ne se départissait jamais. Enrhumée depuis quelques jours, elle avait toussé toute la nuit et souffrait de douleurs aiguës dans la poitrine. Je ne suis restée que quelques instants, pour ne pas la fatiguer davantage. Mon bonheur et mon excitation seyaient mal à sa prostration. Sitôt sortie de chez elle, je me suis rendue presque en courant chez Clément de Sabrevois, rue Saint-Gabriel. Il m'a reçue sans perruque ni justaucorps, lui aussi malade, épuisé, je crois, des soins constants qu'il avait prodigués à son frère maintenant rétabli, sauvé de justesse grâce à des abcès qui lui avaient finalement percé près d'une oreille. L'inquiétude des dernières semaines marquait encore son visage. Les deux frères s'aimaient plus que des frères. Des amis inséparables. J'aurais dû avoir pitié, je n'ai pas pu. Je lui ai lu sans ménagement la lettre du gouverneur général me concédant la seigneurie sur le lac Champlain. Il a esquissé un sourire, bon perdant. Un ennemi de qualité... J'ai insisté pour qu'il retrouve sur-le-champ les documents concernant la dette de Jean

Chartier et j'ai tout payé, jusqu'au dernier écu, avec l'avance obtenue de Corbin sur les planches de chêne. J'ai même failli pousser la cruauté jusqu'à lui offrir quelques écus supplémentaires pour son dérangement. La décence m'a retenue. Je me suis contentée de lui offrir un sourire de commisération, ce qui, en y pensant bien, n'était pas moins offensant. Je me souviens d'avoir marché longtemps sous la pluie froide, ce jour-là. Je jubilais en pataugeant volontairement dans les flaques d'eau. Un pied sur le trottoir, l'autre en bas, je clopinais comme une enfant en chantant à tue-tête dans la rue déserte. Le moulin de la rivière Salvail m'appartenait enfin entièrement. Débarrassée à la fois de Jean Chartier et de Clément de Sabrevois! Je croyais, à ce moment précis, avoir gagné sur la vie. J'oubliais que la victoire n'est jamais définitive. Je ne soupçonnais pas encore les nombreux combats à venir, les éternels procès contre des marchands véreux, prêts à dilapider leur temps pour sauver quelques écus. Je méjugeais du hasard, du destin. J'ignorais, surtout, la guerre qui germait, la défaite... Ce jour-là, j'étais à cent lieues de prévoir la terrible misère qui s'abattrait plus tard sur le pays. À cent lieues de prévoir quelque malheur que ce soit, toute à ma joie.

«Je suis rentrée à la maison les bottines boueuses, la robe sale et trempée, le chignon défait, et pourtant si légère, le cerveau fourmillant de projets. Angélique m'a disputée. Mes incartades la laissaient toujours pantoise. Elle ne comprenait pas. Je n'ai jamais été la sœur qu'elle aurait souhaitée. Angélique était un ange, un ange gardien en quête de protégés. Mais je ne réclamais pas sa protection et elle ne me le pardonnait pas. Quand elle est morte, la même année, oui, l'année de la concession, en décembre, j'ai perdu une parcelle d'âme, un chemin s'est fermé, qu'elle déblayait pour moi. Mon monde s'est rapetissé, privé de sa spiritualité. Et rapetissé encore quand Charlotte nous a quittés longtemps après en 1767, deux ans avant Geneviève, retirée auprès d'elle à l'Hôpital général. Elles reposent toutes les deux côte à côte. Deux sœurs liées par l'enfance et la vieillesse, éloignées un temps l'une de l'autre sans jamais vraiment avoir été séparées, sans jamais avoir rompu le lien. Les sœurs se choisissent au fil des jours. Geneviève avait choisi Charlotte comme Élisabeth avait choisi Angélique. Je le savais, toutes ces années. À leurs étreintes, à leurs regards... C'est pourquoi j'ai caché mon chagrin à Élisabeth quand elle est entrée pensionnaire chez les sœurs grises, il y a quatre ans, juste après la mort de son mari. C'était sa façon à elle de retrouver Angélique. Entendre parler d'elle par des femmes qui avaient partagé les moments les plus précieux de sa vie, respirer le même air, toucher des meubles qu'elle avait caressés, habiter des lieux où elle avait aimé et été aimée, se rapprocher de sa cause pour pérenniser son souvenir. J'avais offert à Élisabeth de venir vivre avec moi. Nous aurions pu partager... Nous aurions pu... mais elle a eu peur. Peur de la maladie, de la souffrance, de la solitude également. Peur de moi... Peut-être a-t-elle eu raison... Je ne sais pas m'occuper des autres. Trop de temps passé à apprendre à survivre contre les autres. Je ne sais rien des mots qui rassurent, des gestes tendres. Le cœur guerrier, toujours prêt à prendre les armes. Aurais-je choisi un frère si j'étais née homme?... Ou la solitude?...

«J'ai perdu mon frère dans cette affreuse guerre. Blessé à mort dans sa loyauté. Exilé. Honni, malgré sa vaillance. On a dit qu'il avait donné Québec trop facilement, qu'il s'était rendu sans combattre. Pures calomnies! J'ai mal encore au souvenir de mon frère rejeté par les siens, délesté de ses biens, condamné à l'amertume. Il m'a écrit, très peu, la France est si loin: "Ma fortune est médiocre, je ne devais pas m'attendre à finir mes jours dans une aussi grande médiocrité de bien-être. Ce sont des revers de fortune à quoi sont exposés tous les hommes. Si j'avais quelque chose à me reprocher, je serais inconsolable, mais, Dieu merci, je puis aller tête haute partout." Les Ramezay ont toujours pu garder la tête haute... Mon cher frère, malgré tout son courage, et quoi qu'on en dise, n'avait pas le choix quand il a cédé Québec. Malade, il a relevé le défi à la tête de ses troupes jusqu'à la limite de ses forces. Deux mille deux cents soldats, artilleurs, marins, et quatre mille habitants, dont plusieurs malades ou blessés, s'en sont remis à lui alors qu'il n'avait même plus de quoi les nourrir. On avait épuisé toutes les réserves de farine. Les derniers chevaux avaient été mangés depuis longtemps. Depuis des mois, les habitants en étaient réduits à la soupe au chou. L'odeur du chou... Tout le pays sentait le chou. À contrecœur, Vaudreuil lui a alors dicté les termes de la capitulation; Montcalm, mourant, les a approuvés; les bourgeois de Québec, résignés, l'ont eux aussi incité à capituler honorablement; ses officiers, consultés, ont voté dans le même sens. La flotte britannique tenait la ville en otage, toute l'artillerie de Wolfe, assemblée sur les plaines, s'apprêtait à envahir Québec, déjà bombardé jusqu'au cœur. Alors, Roch a fait hisser le drapeau blanc. Peut-être aurait-il dû attendre... Peut-être Lévis serait-il arrivé à temps... Peut-être... Qui pourra jamais le dire?

«Bien sûr, on l'a blâmé, Vaudreuil en tête. Il fallait bien un coupable. Alors, on l'a accusé, lui qui n'avait songé qu'aux siens, ce peuple essoufflé par la guerre et la disette, à bout de résistance, pour lequel il avait choisi la vie avant la liberté. »

Louise de Ramezay entend des pas dans l'escalier. Déjà... Les domestiques vont bientôt se mettre à l'ouvrage. À peine quelques minutes avant le lever du soleil. Elle tourne lentement la tête vers la fenêtre. La lueur du jour se fait plus insistante, monte comme un rideau de scène. Son corps apaisé mais rompu de fatigue a presque oublié la douleur. Cette douleur oppressante, comme un sillon ravageur de la gorge au ventre. Cette douleur sans laquelle elle n'aurait pas eu le courage de se rappeler. Soixante et onze années de vie à tisser comme un linceul. Et il reste encore tant de moments précieux à raviver. Pour allonger la vie. La seigneuresse, talonnée par le jour, rassemble ses dernières forces. Ce jour-là qui commence ne l'intéresse plus. Elle ne veut plus de ces potions horribles qui ne font qu'endormir la mémoire sans tuer le mal. Il est trop tard... ou trop tôt... Comment savoir?...

«Je veux seulement entendre la tourterelle une dernière fois. Elle a chanté pour moi si souvent. Elle m'a si souvent éveillée au petit matin avec sa plainte qui transporte toutes les misères de l'humanité en même temps que tous les espoirs. Elle m'a si souvent roucoulé ses amours et ses rêves comme si son chant monotone et mélancolique assurait la pérennité du monde. Comme une litanie d'amour... Tourterelle... Oiseau d'amour...

«Moi, je n'ai pas su aimer. Je n'en ai pas trouvé le temps. Ou je ne l'ai pas cherché. Mais j'ai su être heureuse. Dans la balance des dieux, lequel aura le plus de poids? Pierre Robereau, dit Duplessis, disait toujours qu'il fallait donner raison aux gens heureux. Quand je l'ai connu, il avait trente-cinq ans, j'en avais quarante-huit. Déjà plus l'âge des illusions. J'aimais bien quand il marchait près de moi dans la tannerie, au milieu des odeurs de cuir et de colle. Pour me faire passer devant lui, il me prenait par la taille en pressant gentiment. J'ai souvent eu l'impression qu'il aurait aimé laisser sa main plus longuement. Je ne saurai jamais... Mais oui, je sais. On sait toujours ces choses-là, même quand on voudrait les ignorer. Je savais et je n'ai rien fait parce que j'ai choisi de ne rien faire. J'avais, à ce moment-là, renoncé à l'amour. La peur, peut-être, de rouvrir de vieilles blessures. Je lui ai tout de même confié l'exploitation de ma tannerie et je ne l'ai jamais regretté. Pierre Robereau est un maître tanneur de grande qualité. Grâce à lui, l'aventure de la tannerie s'est bien terminée. Quelle folie, cette tannerie! Comme si je n'avais pas eu assez des moulins! Élisabeth a vraiment cru que je perdais la raison. "Une tannerie sur le coteau

Saint-Louis, maintenant! Mais tu ne connais rien aux tanneries!" Elle levait les bras au ciel, découragée par les frasques de sa grande sœur. Je ne pouvais la contre-dire. Je ne connaissais effectivement rien aux tanneries... J'ai appris. Les femmes ignorent que l'on peut tout apprendre. Même à pardonner à son vieil ennemi. Clément de Sabrevois m'a invitée au mariage de ses enfants cette année-là. Ou peut-être était-ce l'année suivante...? Je ne sais plus... Une double cérémonie magnifique! Avec le gouverneur Duquesne et l'intendant Bigot comme principaux témoins! Les mariées portaient une robe bleue... Il va sans dire que les plus grandes familles du pays ont tenu à assister à ce mariage. Les Ramezay se devaient d'y être. Je me rappelle son sourire quand je l'ai félicité... Redoutable... À mi-chemin entre la courtoisie et l'hypocrisie. Ce jour-là, sans nous en rendre compte, nous avons enterré la hache de guerre. Passé l'âge des hostilités. Il est resté à Montréal, mais il a vendu ses seigneuries. J'ai quitté Montréal pour Chambly. Quitté le champ de bataille. Quand on n'a plus de combat à livrer, il vaut mieux laisser l'arène aux plus jeunes. J'ai quitté Montréal et, pour la première fois, j'en ai immédiatement éprouvé du plaisir. Par quel miracle la vieillesse nous détache-t-elle de ce que l'on avait toujours cru essentiel à notre bonheur? Claudine est morte quelques jours avant notre départ. Cette pauvre vieille Claudine qui arrivait à peine à se tenir sur ses jambes malades et qui se croyait indispensable. J'ai su alors que le temps était venu de me retirer. J'ai mis une vie à accumuler des possessions pour ensuite m'en dé-faire en quelques mois, les unes après les autres. Ce qu'on ne m'avait pas pris, je l'ai vendu ou donné. Mes seigneuries de Sorel et de Ramezay appartiennent aujourd'hui à Taylor Bonfield, un marchand de Québec. J'ai également vendu ma part de la seigneurie de Bourgchemin. J'aurais dû les vendre plus tôt pour ne pas ressembler à une vieille femme ridiculement accrochée à son pouvoir. Le reste, on me l'avait déjà pris. Car il n'y a pas que des renoncements heureux. J'appartiens à un peuple conquis qui a dû se taire devant la dépossession. On a élevé une frontière entre mon pays et ma terre. J'ai perdu mes chênes blancs et ma rivière. Et je n'ai rien dit. Ils n'auraient pas écouté. Ils ont détaché la seigneurie de Ramezay-la-Gesse, pour laquelle je m'étais tellement battue, du reste du pays et je suis devenue étrangère sur mes propres terres. Je ne garde pas d'amertume ni de colère. Je n'en ai plus la force. Les vainqueurs croient avoir tout pris, mais, quoi qu'ils disent ou fassent, cette terre m'appartiendra toujours. Elle m'a sauvée de la mort et personne, jamais, ne pourra nous séparer. J'ai vu les miens se soumettre en entretenant l'illusion, au fond de leur cœur, que la France nous délivrerait; j'ai vu notre élite, celle-là même qui aurait dû exhorter le peuple à la résistance, collaborer avec les conquérants; j'ai vu des Canadiens, nés sur cette terre, l'abandonner à des étrangers. Et les plus audacieux qui ont résisté ont été condamnés à la déchéance, à l'infériorité permanente. J'aurais pu partir moi aussi, j'ai choisi de rester. D'un côté la mer, de l'autre l'espoir. Un choix facile. Parce que j'ai toujours détesté l'eau et parce que la fierté peut refleurir sur les ruines. J'aurais souhaité être jeune encore. J'étais vieille. Trop vieille pour les cris et l'agitation mais avec assez de fierté pour ignorer l'ennemi. L'indifférence et le silence: les seules armes à la disposition des vieillards. Avec la mémoire ancienne.

«Retirée ici dans ma seigneurie de Monnoir, j'ai passé des années douces avant que la douleur ne m'assiège. J'ai accordé des concessions aux habitants de la vallée, ne me réservant qu'un coin de forêt et cette petite maison. On a abattu tant d'arbres sur mes ordres. Quand je regardais les sapins tout autour se dandiner coquettement, leurs branches retroussées par le vent, je me demandais s'ils me pardonneraient jamais. Je leur ai fait la guerre, à ma façon, en les aimant. La guerre... Nous vivons donc pour la guerre, toutes les guerres, guerres de pouvoir et de possession. Mon âme, comme mon pays, n'a pu échapper à la guerre. De mon jardin, j'ai entendu, il n'y a pas très longtemps, des voix étrangères hurler des ordres sur le chemin Chambly. On m'a raconté cette nouvelle guerre, guerre d'indépendance celle-là. Tous les étendards se valent quand ils font gicler le sang. La Nouvelle-Angleterre ne veut plus de la tutelle britannique, mais on ne se libère pas aussi facilement d'une mère patrie. C'étaient des voix allemandes sur le chemin Chambly. Mon pauvre pays coincé entre la mère et la fille, sollicité, courtisé, mais incapable de prendre parti. Envahi toujours, par l'ennemi, par le désir, tous les désirs, par la soif, toutes les soifs. Les miens, ceux de ma race, de ma langue et de ma foi, cultivent mes terres. Peut-être est-ce là ma seule véritable victoire. Ils sauront en tirer leur survivance et assurer la suite. Ils continueront quand je serai partie, quand le nom des Ramezay n'appartiendra plus qu'à de vieux parchemins jaunis. Aucun de mes frères n'a engendré de fils, et à part Roch, qui n'a eu qu'une fille,

il ne reste plus que moi et Élisabeth, deux vieilles femmes sans lignée. Les autres sont morts... Tous morts.
Une vie parsemée de morts. À chaque détour. À chaque
bonheur. À chaque création. J'ai tant détesté la mort.
Ma vie relève de la haine. Haïr pour ne pas avoir peur.
Et toujours la peur, plus forte que la haine. Tellement
de peur où s'effilochent les souvenirs. Où s'en sont-ils
allés, tous ces enfants morts portés par les larmes de
leurs mères? Sur quel front se battent tous ces soldats
morts au combat? Mort! Mort! Toujours la mort... À
repousser jour après jour. »

Elle n'a plus de forces. Ni même assez de courage
pour s'opposer. Elle veut savoir. Toute sa vie, elle a
désiré savoir. Et elle comprend maintenant que seule la
mort renferme toutes les réponses. Peut-être la vraie
liberté se cache-t-elle derrière la vie, quand le combat
prend fin...

«Le livre disait: *"Il n'y a que ceux qui sont
parfaitement sages que l'on peut appeler véritablement
libres."* Je ne crois pas avoir été sage. Jamais. Donc,
jamais libre... J'ai fui les esclavages connus pour me
livrer à d'autres servitudes. Mais j'ai été heureuse...
malgré les contraintes et la solitude. Qui n'est pas seul?
Même l'être le plus entouré et le plus courtisé se

retrouve seul, face à lui-même, au moment des choix. N'y a-t-il pas d'être plus esseulé que celui qui confie son bonheur aux autres? Ma sœur Geneviève, qui a tant aimé, n'a récolté que la douleur et la solitude au bout de ses jours. Sa fille Louise-Geneviève est morte bien avant elle, et son fils Charles, accusé d'avoir participé aux complots de l'intendant Bigot, a été emprisonné à la Bastille à la fin de la guerre. Une sombre affaire... Il a été acquitté après quinze mois de geôle, mais on lui a refusé un poste au Canada. Elle ne l'a jamais revu... Roch mourra là-bas, exilé lui aussi, entouré des siens, mais en deuil d'un pays. Et Charlotte n'a connu, pour ses dernières années de vie, que la détresse des blessés de guerre, des Acadiens en errance, des Sauvages écartelés entre la liberté et la fidélité, des déments emportés par la tourmente. Et elle s'inquiétait quand même des vocations que ces temps troublés empêchaient d'éclore!... Aussi vaillante que les soldats, elle a été du combat, aux premières lignes. Elle les a aimés, Anglais ou Français, comme une mère. Comme une mère ce petit capitaine anglais? Elle a tellement versé de larmes à sa mort que le général Wolfe lui a écrit pour la remercier de sa bonté envers l'officier. Comme une mère vraiment?... Ou comme une femme en mal de tendresse?... Sublime solitude que celle de la charité... Mais solitude tout de même... puisqu'elle n'engendre que la reconnaissance...

«Je n'ai rien pu faire pour ceux que j'aimais. Il faut beaucoup aimer pour accepter de l'aide. On ne m'a rien demandé.

«Comme je n'ai rien pu faire pour mes terres confiées à regret à des étrangers. Certains n'ont pas su les aimer; je leur en ai voulu longtemps. Comme à ce marchand de bois de Chambly qui a pris à bail le moulin de la rivière aux Hurons et qui l'a amené à un état de délabrement lamentable. Le toit de la petite maison, mal entretenu, n'a pas résisté aux hivers... Notre maison, Philippe... Ce marchand — Bouthier, je crois —, je lui ai intenté un procès. C'était un temps où j'en avais encore la force. Il a cru que c'était pour les douze mille livres qu'il me devait en loyer et marchandises. Il ne saura jamais la véritable raison de ma rancœur. Il pouvait détruire le moulin, mais il n'avait pas le droit de laisser pourrir notre petite maison, Philippe... Je lui ai fait payer à rebours notre souvenir saccagé. J'en ai connu d'autres, d'ailleurs, de cette race, toujours à l'affût, prêts à tout détruire, sans respect pour ce qu'ils ne comprennent pas. La lutte ne se termine jamais. À moins qu'un combattant ne se retire...

«Le livre disait aussi... Mais il disait tant de choses que j'ai bien voulu croire. Nous n'allons pas vers les livres, bien qu'il nous soit facile de le supposer; ils viennent à nous quand nous avons besoin d'eux. Pour nous pousser vers notre destin. Les mots confortent: *"La tranquillité de l'âme est la vie bienheureuse, et il s'en est trouvé qui l'ont appelée la souveraine félicité."* Félicité... Issue du contentement. Je n'ai jamais rejeté la vie. Je l'ai enlacée; j'ai dansé avec elle, ri et pleuré avec elle. Le sommeil paraîtra bon, une fois le bal terminé.

«Je n'ai plus peur. Je voudrais me lever, aller vers la fenêtre et l'ouvrir pour sentir encore une fois les parfums de la forêt. Après la pluie, les odeurs monteront de la terre, pures, puissantes, vivantes. La tourterelle est là, je le sais. Elle attend le soleil pour envoûter les bois de sa voix plaintive. Fidèle... J'entends la pluie... La pluie... Douceur... Le feulement du vent dans les arbres... Mes arbres... Je n'ai plus peur... »

Dans la lumière tamisée du petit jour, la tourterelle triste est la première à pleurer la très noble demoiselle.

Arbre généalogique
de la famille de Ramezay

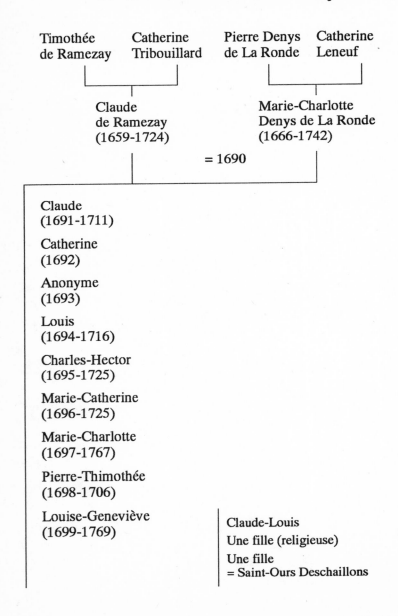

Timothée
de Ramezay

Catherine
Tribouillard

Pierre Denys
de La Ronde

Catherine
Leneuf

Claude
de Ramezay
(1659-1724)

Marie-Charlotte
Denys de La Ronde
(1666-1742)

= 1690

Claude
(1691-1711)

Catherine
(1692)

Anonyme
(1693)

Louis
(1694-1716)

Charles-Hector
(1695-1725)

Marie-Catherine
(1696-1725)

Marie-Charlotte
(1697-1767)

Pierre-Thimothée
(1698-1706)

Louise-Geneviève
(1699-1769)

Claude-Louis
Une fille (religieuse)
Une fille
= Saint-Ours Deschaillons

Louis-Henri Deschamps
de Boishébert*

Louise-Geneviève = 1743
Charles-François
Tarieu de Lanaudière**
Charles = 1760
Charlotte Deschamps de Boishébert

Angélique
(1701-1749)

François
(1702)

Ursule
(1704)

**Louise
(1705-1776)**

Élisabeth
(1707-1780)

= 1740   Marie-Charlotte

Louis de La Corne***

Roch
(1708-1777)

= 1728

Louise Godefroy
de Tonnancour****

Marguerite = 1758
Antoine-Joseph de Bellot
Claude (1733)
Pierre (1736)
Jos Joachim (1738)
Louise-Hyacinthe (1739)
Jean-Baptiste (1743-1745)

Marguerite
(1711)

* Fils de J.-B. François Deschamps et Catherine Macart.
** Fils de Pierre Tarieu de La Pérade et Marie-Madeleine Jarret de
Verchères.
*** Fils de Jean-Louis de La Corne et Marie de Pécaudy.
**** Fille de René Godefroy de Tonnancour et Marguerite Ameau.

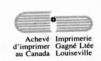

Achevé Imprimerie
d'imprimer Gagné Ltée
au Canada Louiseville